光文社文庫

文庫書下ろし

結婚の味
よりみち酒場 灯火亭

石川渓月

光 文 社

この作品は光文社文庫のために書下ろされました。

もくじ

希望の味

陽《ひ》が落ちても、アスファルトから立ちのぼる残暑の名残《なご》りが身体を包み込む。まだ秋の気配からは程遠い。それでも気持ちは軽かった。一週間前に新しい人生のスタートを切った。

加納彩音《かのうあやね》は、軽い足取りで待ち合わせの店に向かって歩いていた。

地下鉄の駅を出て五分ほど歩き、大通りから横道に入ると、馴染《なじ》みの看板の前で足を止めた。学生時代に仲間とよく通ったエスニック料理の店だ。大学を卒業して十六年たつが、その間も何度かこの店で集まることがあった。

ドアを押して店に入ると、独特の香料の香りが漂っている。店内の壁は臙脂《えんじ》色で統一されている。フロアに並んでいる十脚ほどのテーブルはほぼ埋まっていた。

店員に名前を告げると、奥の個室に案内された。個室は大人数で宴会ができる広い部屋から二、三人用の部屋まである。今日は一番小さな部屋だ。

「彩音、待ってたよー」

部屋に入ると、岡島香奈《おかじまかな》が大げさに両手を振って迎えてくれた。大学の同級生で、彩音が最も親しく、そして信頼している友人だ。

「相変わらず元気だね」

彩音は香奈に声をかけて椅子に腰を下ろした。

「彩音こそ前より明るくなった感じ。この前会った時は、世の中の不幸を一人で背負ってるって顔してたもの」

香奈と会うのは半年ぶりだ。おそらくその時は、愚痴《ぐち》しか言っていなかったと思う。

注文した生ビールが来た。

「では彩音の新しい人生に乾杯」

ジョッキを持ち上げてから、ビールを喉《のど》に流し込んだ。

気持ちが軽いと飲み物も食べ物も美味《おい》しくなる。

「人生、いろいろあるね」

香奈がからかうように言った。

まさにその通りだ。彩音は、一週間前に協議離婚が成立したばかりだった。二十八歳で結婚して十年目の離婚だ。夫の浮気が原因だった。この一年は心が休まることのない日々だった。そんな思いからもようやく解放された。今となっては、子供ができなかったのも幸いだった。

　彩音は楽器店に勤めている。三年前に売り場の主任になり、一週間の半分は閉店の午後八時まで店に残ることになった。閉店後も伝票の整理などがある日はさらに帰宅が遅くなる。休みも土日ではなく平日だ。すれ違いが多い生活が続いていた。

　家事は分担してやるという約束だったが、夫の負担が増えたのも事実だった。二人で話し合い、理解してくれていると思っていたが、いつの間にか夫が手を抜くようになり口論が絶えなかった。

「私の方が帰りが遅くなる日が増えたから、向こうも不満だったのよね。その点は悪かったと思ってる」

「なに言ってるの。浮気した方が悪いに決まってるでしょ。彩音がそんなこと考える必要なんかないわよ」

「そうよね」

　香奈の言葉に頷《うなず》いた。今さらそんなこと考えても意味はない。考えるのはこれからのことだけでいい。

「彩音も女ざかりの三十八歳でバツイチか」

「そのバツイチって、いやだな」

彩音は、ジョッキをテーブルに置いて言った。

「結婚は失敗でバツだったけど、離婚は再スタートだからマルなのよね。お互い気持ちも冷めて、ろくに口もきかない。一緒にいても楽しくない。それでも流れで夫婦のままでいるって、そっちの方がバツよね。バツだった結婚をマルにする。それが私にとっての離婚よ」

彩音は、そこで小さくため息をついた。

「こんなこと、おじさん相手に言ったら、負け惜しみを言ってるって同情されるのがオチよね。でもバツイチはいや。人格にバッテンつけられてるみたいだもの」

香奈は笑いながら聞いている。

「香奈はどうなの。うまくやってるの」

「おかげさまで、夫婦円満、子育ても仕事も極めて順調」

香奈は二十四歳で商社に勤める二つ年上の男性と結婚した。子供は上が女の子で中学一年生、下の男の子が小学校五年生のはずだ。

「会社は順調なの？」

香奈の夫は、三年前に独立して若者向けのアクセサリーの輸入販売会社を立ち上げている。

「おかげさまで、何とかやってる。それにね」

香奈がジョッキを置いて控えめに言葉を続けた。

「あと二年したら、会社の規模を大きくする計画があるの。今の会社の状況だったら、すぐに大きくしても大丈夫なんだけど、私が十分に仕事ができるようになってから、ということにしたの」

「今だってフルタイムで働こうと思えばできるんじゃないの」

「私も海外に買い付けに行くことにしているの。そうなれば一週間くらいは、家を空けることになるしね。娘が高校生になれば、かなり頼れるでしょ。今から覚悟しておくように言ってる」

ドアの外から声がかかり、従業員が入ってきた。

「お待たせしました」

テーブルに置かれたのは、エビと野菜の生春巻き、それにタンドリーチキンだ。

「彩音の好きな、ピリ辛ワンタンも頼んであるからね」

香奈が言って、生春巻きに箸を伸ばした。

「あと二年ということは」

「そう。ちょうど四十歳。これからの二年間は、その準備期間」

静かなもの言いだが、香奈が新しい仕事に燃えているのがよくわかった。四十歳から新しい人生がスタートする、そういう感じだ。

そんな姿を見ると心の中に微かな不安が湧き上がる。離婚で気持ちは軽くなったが、これから先に何か希望があるわけではない。

「どうしたの」

香奈が心配そうな声をかけてきた。

彩音は、慌てて空のジョッキを持ち上げた。

「次は、何にしようかと思って」

「ワインでいい？」

香奈の言葉に笑顔を作って頷いた。この店は、エスニック料理に合うワインを揃えている。フルーティで甘みのある白ワインを、しっかり冷やして飲むと驚くほどエスニック料理に合う。

オーダーした料理とワインが届き、しばらくは学生時代の話に花が咲いた。心の片隅に少し引っ掛かるものはあったが、楽しい話題がそれを抑え込んでいる。

「彩音、いい人いないの」

香奈がワイングラスを持ったまま上目遣いで言った。

「大学の時だって、よく他の大学の男子から声かけられてたもんね。これからは大人の魅力で歳下もいいんじゃない？」

「よしてよ。もう当分、男はいいわ」

「まだ三十八よ。今時、初婚だって珍しくない歳じゃない。先は長いんだよ」

そう、先は長い。それが胸に引っ掛かっている小さな棘《とげ》だ。

「無理に結婚する必要はないけど、長い人生、気持ちの上でも頼れるパートナーはいた方がいいと思うよ」

香奈の言いたいことはよくわかる。

「サックスはもう吹いてないの？」

彩音と香奈は、音大を卒業している。彩音はサックス、香奈はフルートが専門だ。二人とも四年間は音楽漬けだった。吹奏楽のコンサートを開いたり、サックスアンサンブルの演奏会を開いたりと、充実した四年間だった。中学と高校の音楽の教員免許も取った。

「仕事柄、吹くことはあるけど、お金を取る演奏は無理ね。現役時代に越えられなかった壁を、今から超えるのは無理よ」

彩音は大学卒業後、アルバイトをしながら、スタジオミュージシャンの道を目指した。半年後に音楽事務所のオーディションに受かり席を置いたが、仕事があるのは、多くても一ヶ月に一度か二度。とても食べていけるものではなかった。

三年続けても状況は変わらず、二十五歳の時にプロを続けることはあきらめ、大学時代の恩師に相談し、今の楽器店を紹介してもらった。音楽との縁は切りたくなかったので、ありがたい話だった。

「やりたいことないの。将来の夢とかさ」

香奈がさらりと訊いてきた。それほど簡単に夢を語れる歳ではない。そもそも三十八歳の女に将来の夢って言葉を使うのもどうかな。

「夢ねえ」

それだけ口にしてワインをひと口飲んだ。

「何かあるの？」

香奈が身体を乗り出してきた。

夢はある。ずっと持ち続けていた夢だ。今思えば、スタジオミュージシャンをあきらめた二十五歳のときなら、十分に可能性はあった。だがあの時は、新しい夢に挑戦する気力がなかった。

夢は年を重ねるごとに現実から遠ざかり、後悔は年を重ねるごとに膨《ふく》らんでいく。

「時間はあるし、ゆっくり考えるわ」

もうこの話は終わり。そういう気持ちを込めて言った。

「わかった。でも時間があるなんて思ってると、あっと言う間に四十になって、あれよあれよで五十だよ」

「変なこと言わないで。大丈夫、ちゃんと考えます」

彩音が言うと、香奈は、男のこともね、と付け加えて悪意のない笑顔を向けてきた。

「もう少し食べようか」

香奈がメニューを開いた。

彩音は冷たいワインを口にして波打つ気持ちを抑えた。

売り場に並んでいるサックスを一つずつ丁寧に拭いていく。両手には白い手袋。開店前に最初にやるのがこの作業だ。

彩音は拭き終わったサックスを展示台に置いた。照明を受けて金色のボディが光っている。

店は渋谷駅に近い商業ビルの二階にある。通路に面しているスペースにはサックスやトランペットを中心にした管楽器。その隣がギターのコーナーだ。アコースティックからエレキギター、ベースギターも品ぞろえは豊富だ。他にも、吹奏楽で使う楽器は一通りそろっている。それぞれの付属部品やアクセサリーも含めると、商品の種類は膨大になる。

彩音がアルトサックスと出会ったのは、中学校で入った吹奏楽部だった。高校に進学しても吹奏楽部でサックスを続けた。レベルの高い学校で、かつては全国大会に出場したこともあったが、彩音がいた時には、四国大会止まりで全国への壁は超えられなかった。

高校二年生を終える頃、音大に進んで本格的にサックスを続けたいと考えるようになった。家は決して裕福ではなかったが、親もそれを認め、アルトサックスを買ってくれた。同級生の部員の中で自分のサックスを持っていないのは彩音だけだった。学校の備品を使っていたのだ。

初めて自分のサックスを手にした時の感動は今でも忘れられない。サックスを抱いて寝たいと思ったが、さすがにそれはできないので、ケースに入れたサックスを枕元に置いて寝た。その後もサックスの定位置は枕元だった。

スタジオミュージシャンをあきらめた時、サックスの定位置は部屋の本棚の脇に変わった。

「加納さん」

後ろから声をかけられた。振り返ると店長の大崎《おおさき》一郎《いちろう》が立っていた。いつも通り、紺のスーツに糊《のり》の効いた白いワイシャツにネクタイというスタイルだ。五十代前半の柔和な表情と物腰は、楽器店の店長というよりホテルマンを思わせる。

「ちょっといいですか」

大崎は、そう声をかけて背中を向けて歩き出した。大崎について事務室に入り、言われるまま椅子に腰を下ろした。

「本社の総務からも問い合わせがありましたが、加納さんはもともと旧姓使用だったので、タイムカードや名札の変更なども必要ないですね」

「はい。特にご面倒をおかけすることはないと思います」

「それでは、私の方からあえて職場で加納さんの離婚について話すことはありませんから、安心してください」

大崎が顔を上げて言った。

安心て、どういうこと。離婚を知られるのは恥ずかしいだろうから秘密にしておいてあげる、そんな顔だ。

「職場の仲間には、おいおい私の口から伝えます」

頭を下げて事務室を出た。

なんだか面白くない。でも冷静に考えれば、部下が離婚したと報告して、おめでとう、と言う上司はいないか。

「加納さん」

呼ばれて振り返ると、同じ管楽器を担当する阿久津《あくつ》翔馬《しょうま》が立っていた。

いつもの爽やかな笑顔を彩音に向けている。この笑顔を見ると、こちらも爽やかな気持ちになる。

阿久津は、二年前、三十歳で中途採用で入社し、この店に配属になった。個人差はあるが、三十二歳の独身男性はかなり若い。三十八歳で結婚経験のある自分と比べると特にそう思ってしまう。

大学時代は水泳部にいて、卒業後はスポーツジムで水泳の指導員をしていたと聞いている。

運動部出身者らしく目上の人間と接する態度も礼儀正しく、配属された時から、弟を見るような目で見ていた。

楽器の経験は、学生時代から趣味でテナーサックスを吹いていたということだ。一度聞いた演奏は、なかなかのものだった。水泳で鍛えた肺活量が活《い》きているのだろう。音の伸びと迫力は、素人の域を超えていた。転職の理由は聞いたことがなかった。

「何か用かしら」

「いえ、事務室から出てきた加納さんが、難しそうな顔をしていたんで、何かあったのかと思って」

そんな心配してくれていたんだ。ちょっと嬉しくなる。

「大丈夫よ。それより明日の午後、よろしくね。忙しい土曜日に申し訳ないけど」

明日は、彩音が担当している明日香《あすか》女子高校の吹奏楽部の演奏会があるのだ。

はじめは仕事の一環として、時々、学校に顔を出して楽器のメンテナンスや買い替えの相談を受けていた。しばらくして担当の音楽教師の高嶋陽子《たかしまようこ》が同じ大学の先輩だとわかった。年齢は高嶋が一回り上なので接点はなかったが、同窓ということで急速に親しくなった。

自然と生徒たちとも仲良くなり、演奏のアドバイスをするようになった。そんな付き合いが、五年ほど続いている。

彩音にとって子供たちの成長を実感し、その手助けをすることが生き甲斐と言ってもいいほどになっていた。

吹奏楽部は、全国大会出場を目標にしているが、あと一歩というところで壁を越えられずにいる。それでも高校生が真剣に音楽に向き合う姿、演奏が終わった後の充実した表情、どれも彩音には宝物のように感じられる。彼女たちと一緒に目標に向かって進んでいる。そんな気持ちにさせてくれる。

明日はあの子たちの演奏が聴ける。展示台に並ぶサックスを見ながら胸が弾んだ。

川面《かわも》を渡る風は爽やかで、秋の訪れが近いことを感じさせる。

彩音は、駅を出ると多摩川沿いの道を学校に向かって歩いた。明日香女子高は多摩川を見下ろす高台にある。

緩《ゆる》やかな坂の向こうに学校の正門が見えた。正門をくぐり右に行くと大きな講堂がある。演奏会の会場だ。

入り口で受付を済ませて、会場に入った。

「彩音さん」

吹奏楽部の青山希美《あおやまのぞみ》が、アルトサックスを持ったまま歩み寄ってきた。三年生で吹奏楽部のリーダーだ。

「今日は、来てくださってありがとうございます」

希美が彩音の前で立ち止まり丁寧に頭を下げた。

「こちらこそ、ご招待いただいてありがとう」

彩音が言うと、希美は笑顔で頷き、楽しんでいってください、と頭を下げて背中を向けた。

先月、吹奏楽コンクールの都大会があった。今年も残念ながら全国大会には届かなかった。希美たち三年生は、今日の演奏会で部活動を引退する。卒業後の進路はそれぞれだが、毎年、一人か二人は音大に進学して本格的に音楽を続けたいという生徒がいる。希美もその一人だ。

後ろ姿に、頑張れ、と声をかけてからホールに入り席に着いた。

ほぼ満席だ。保護者だけでなく生徒も大勢来ている。

演奏会は、クラシックだけでなく、アニメのテーマ曲や、今流行《はや》っている楽曲を次から次に演奏する。さらにミュージカル仕立ての短い劇や、ダンスも披露するというエンターテイメント性の高いステージになる。生徒から人気があるのもわかる。

照明が落ちて、ざわついていた客席が静まり返った。

緞帳《どんちょう》が上がり、照明がステージの生徒たちを浮かび上がらせた。

パーカッションが激しいリズムを刻む。トランペットが立ち上がり会場いっぱいにメロディーを響き渡らせる。つかみは激しい映画音楽だ。会場から大きな拍手が沸き起こった。

彩音は、三年間頑張ってきた希美たちの姿をしっかり目に焼き付け、音を心に刻みつけようと姿勢を正した。

二時間半のステージは、あっと言う間だった。

最後は希美が中央に立って、三年間のお礼の挨拶《あいさつ》をして、三年生一人一人に花束が贈られた。ステージの上は、高校生たちの涙であふれた。

彩音は心の底から、感謝と激励の拍手を送った。

外に出ると三年生の部員たちが一列に並び、帰る客にお礼を言っている。涙はあっと言う間に笑顔に変わっている。三年間、必死でやった。そんな満足感が表情に表れている。胸の奥が熱くなる笑顔だ。

彩音は一人一人と握手をしてねぎらいの言葉をかけた。

列の最後には高嶋が立っていた。今日は指揮棒を振ったので、黒のパンツスーツに白のブラウスだ。軽いウェーブのかかったショートカットが似合っている。毎日、高校生と一緒にいるせいか、五十歳には見えない若々しい姿だ。

「先生、一年間お疲れさまでした」

「彩音さん、いろいろとありがとう」

高嶋は頭を下げてから、少し間を置いて口を開いた。

「今日、この後、少しだけでいいんだけど時間あるかしら」

「はい、大丈夫です」

「じゃあ、三十分ほどしたら、控室にきてちょうだい」

高嶋はそれだけ言うと、後ろから来た保護者に声をかけて歩み寄っていった。

彩音は、列を離れ正門脇の木立の近くに立った。ここから多摩川を見下ろすことができる。最近、雨が降っていないせいか、水量は少ないが、川幅は広く悠々と流れている。川の向こうは私鉄の駅とビルや高層マンションが建ち並んでいる。

来年こそは全国大会に出場できるといいな。そのためにできることなら、何でもしてあげる。彩音は自分に言い聞かせて頷いた。


「時間をとらせてごめんなさいね。座ってちょうだい」

高嶋の言葉に従って、ソファーセットに腰を下ろした。

「今年も全国はだめだった。今の三年生の力があれば行けると思っていたんだけどね」

高嶋が手元を見ながら言った。

「今の一、二年生も十分に力はある。でも今までと同じ指導では、結果も同じになってしまう。だから少しやり方を変えようと思っているの」

高嶋はいったん言葉を切って、自分に言い聞かせるように、一つ頷いてから続けた。

「彩音さん、生徒達にいろいろアドバイスしてくれているわよね。プロを経験したことのあるあなたのアドバイスは、かなり的確だと思っている。そんなあなたに申し訳ないけどお願いがあるの」

高嶋はそこで言葉を切ると、少し下に目線を向けて考える様子を見せた。

もしかしたら、もっと本格的に指導の手伝いをしてくれと言うのだろうか。そうだったら願ってもないことだ。仕事があるので毎日とはいかないが、顔を出す回数は増やせるし、休みの日は全てそれに費やしてもいい。

彩音は思わず背筋を伸ばして高嶋の次の言葉を待った。

「演奏に関するアドバイスは、もうしないでほしいの」

一瞬、高嶋の言葉が理解できなかった。

「あなたならわかってもらえると思う。一つ上のレベルに行くために必要なのは楽曲に対する共通の理解。その曲をどう理解して、どう表現するか。それは指導者であり指揮者である私の理解が全てなの。テクニックはもちろん大切だけど、それ以上に大切なものがある」

その共通認識がない彩音がアドバイスすることは、生徒の足並みを乱すということか。

「そして指導に必要なのは毎日の積み重ね。今日のミスは昨日と同じものなのか。今までにない初めてのミスなのか。一度直ったものが再発したのか。それによって指導の仕方は変わってくる」

時々、顔を出して高校生相手に独りよがりのアドバイスをしていたということか。急に頬の辺りが熱くなった。恥ずかしい。下を向いたまま顔を上げられなくなった。決して軽い気持ちではなかった。本気で子供たちに上手になってほしいと思っていた。だがしょせん外野の人間だった。

彩音は高嶋と目を合わさずに立ち上がり、深々と頭を下げた。

「もうしわけありませんでした。出過ぎた真似をしていました」

「あなたの技術や音楽に対する想いはわかっている。だからこれからも気付いたことは、遠慮せずに言ってちょうだい。ただし直接生徒にではなくて、感じたことは私に言って」

高嶋が最後は慰めるような口ぶりで言った。

「ありがとうございます」

頭を上げて高嶋の目を見て言った。だがここまで言われて、はいそうですかとアドバイスなどできるわけがない。

高嶋に促されてソファーに腰を戻したが、その後、高嶋が何を言っているのか全く頭に入らなかった。

電車の窓を街並みが流れていく。

学校を出た後、しばらく多摩川の河川敷《かせんしき》に座って、スタジオミュージシャンを目指していた頃のことを思い出していた。心は燃えていた。情熱が夢を実現させると信じていた。だが現実はそれほど甘くはなかった。

スタジオミュージシャンをあきらめた時に、一緒に捨てた夢。それは音楽教師になって、子供たちに音楽の楽しさを教えることだった。なぜあの時にチャレンジしなかったのか。気持ちが萎《な》えていたとしか言えない。そして就職し結婚した。年々大きくなる後悔を胸の中で押し殺していた。

それでも今の立場で夢が少し形になったように思っていた。生徒たちと同じ夢を追いかけていると思っていた。勘違いだった。

以前ニュースで、社会人経験のある人材を教師に採用する私立学校が増えていると聞いたことがあった。わずかに希望が見えたが、ニュースで紹介していた人材は、いずれも一流企業で経験を積んだ人たちだった。プロのミュージシャンで挫折して、楽器店で働くアラフォーの入る余地は感じられなかった。夢はやはり夢だった。

今日は店に戻らなくてもいいことになっている。かと言って一人の部屋に帰る気にもならない。

電車が止まりドアが開いた。駅名も確かめずに電車を降りた。

階段を上がって外に出ると、街はすっかり夕闇に包まれていた。飲み屋のネオンがやけに目立つ賑やかな街だ。

大通りを渡って飲み屋街に入った。

どこかで一杯飲んでいこうか。元々お酒は嫌いじゃない。一人暮らしになって、一人飲みも経験している。

女性一人でも入れそうな店は、どこもいっぱいだった。家に帰りたくないというだけで、お酒を飲みたいわけでもないし食欲もない。こんな時は独り身の寂しさが心に染みてくる。

当てもなく歩いていると、飲み屋街から横に入る道があった。これまでの喧騒《けんそう》が嘘のように静かな道だ。少し先に暖簾《のれん》を出している店が見えた。そこだけ別の世界にあるような雰囲気だ。何も考えずに歩み寄り店の前に立った。

暖簾には『灯火亭』とある。落ち着いた店のようだ。

突然、目の前の引き戸が開き、若い女性が出てきた。まさかここに人が立っているとは思わなかったのだろう。女性が彩音にぶつかりそうになった。

「ごめんなさい」

女性が慌てて半歩下がった。茶色の作務衣《さむえ》を着ている。

「いえ、こちらこそ」

口にするとの同時に、優しい香りが鼻をくすぐった。正体はすぐにわかった。出汁《だし》の香りだ。

彩音が小さい頃、共働きだった両親の代わりに祖母が晩ご飯を作っていた。祖母は、煮物や味噌汁の出汁は鰹節《かつおぶし》や煮干しでとっていた。久しぶりにかぐ懐かしい香りだ。厳しくて優しい祖母の匂いだ。出汁の香りが弱った心に染みて涙が出そうになった。

「お一人ですか。どうぞ」

作務衣の女性が明るい声をかけてきた。感じの良い声だった。

出汁の香りに誘われるように店の中に入った。店内は清潔感にあふれている。左にカウンター、右に小上《こあ》がりがある。

カウンターの手前には、髪を短く刈り込んだ職人風の中年の男性が手酌で日本酒を楽しんでいる。一つ席を空けて、坊主頭の大柄の男性が生ビールのジョッキを手に座っている。

小上がりには若いサラリーマン風の二人と同世代の女性二人が、焼酎《しょうちゅう》のボトルを挟んで向かい合っている。

彩音は女性の従業員に言われるまま、大柄な男性客から一つ椅子を空けた席に座った。

「いらっしゃいませ」

カウンターの中から声をかけられた。従業員と同じ茶色の作務衣を着ている。店主だろう。

店主は彩音の目を見たまま微笑《ほほえ》んだ。優しくて吸い込まれそうな笑顔だ。

「うちは初めてですね」

黙ったまま控えめに頷いた。

「ゆっくりしていってくださいね」

店主は笑みを深くした。

見た目は女性だが、声の感じからすると男性のようだ。でも変な雰囲気は微塵《みじん》もない。女性でもない、男性でもない、独特の存在。そんな感じだ。ショートカットに切れ長の目。きりっとした口元には厳しさもうかがえる。だが全身から漂う雰囲気は、その笑顔が象徴する圧倒的な優しさだ。

「いらっしゃいませ。先ほどは失礼しました」

女性の従業員が声をかけてきた。

「あら、何かあったの」

「私が慌《あわ》てて店を出ようとして、こちらのお客さまとぶつかりそうになったんです」

「いえ、私がぼうっと突っ立っていたのが悪いんです。こちらこそごめんなさい」

彩音は慌てて頭を下げてから、生ビールを頼んだ。

「亜海《あみ》ちゃんは、しっかりしているようで、けっこう粗忽者《そこつもの》だからね。ユウさんもそう思うでしょ」

坊主頭の男性客が、カウンターの中に向かって楽しそうに声をかけた。

「かいしんさん、粗忽者はないでしょう」

亜海ちゃんと呼ばれた従業員が男を笑顔で睨《にら》んだ。

かいしん、というのが男の名前なのだろうか。さりげなくそちらに目を向けた。

白地に赤い花柄の入った派手なシャツを着ている。年齢は三十前後に見えるが、髪は高校球児のような丸刈りだ。大柄な上に大きな目と墨で書いたような太い眉毛で、かなりの威圧感がある。足元は雪駄《せった》履《ば》きだ。職業は想像がつかない。

男性がすっと顔を向けてきて目が合った。向こうが先に、にっこり笑って軽く会釈をした。威圧感が消えて妙に人懐《ひとなつ》っこい顔になった。

彩音は慌てて会釈を返してから目を逸《そ》らした。

「お待たせしました」

目の前に生ビールのジョッキが置かれた。

彩音は、ジョッキをしばらく見つめていた。わずかに盛り上がった泡が少しずつ沈んでいく。「早く飲んで」。ビールからそんな声が聞こえてきそうだ。ゆっくりジョッキに手を伸ばして、ビールを喉《のど》に流し込んだ。

やっぱり美味しくは感じない。お酒なんてこんなものだ。楽しければ何を飲んでも美味しいし、今みたいな時は何を飲んでも苦いだけ。一人飲みに入ったことを後悔した。

カウンターの上に小さなお皿が置いてある。お通しだ。長芋の千切りのようだ。

上に載っているのは何だろう。箸を伸ばした。口に入れると長芋のシャキシャキ感が爽やかだ、上に載っているのは高菜漬けだった。亜海ちゃんが、お好みでどうぞ、と言って一味《いちみ》唐辛子の入った小皿を脇に置いてくれていた。小さな木のスプーンで一味を高菜にかけた。真っ白な長芋に色の濃い高菜漬け。その上に赤い一味。いい感じだ。さてこれをどうやって食べるか。初めて来た店であまり行儀のよくない姿は見せたくない。

亜海ちゃんがさりげなく近づいて微笑みかけてきた。

「よろしかったら、全体をかしゃかしゃっと混ぜると、美味しく召し上がっていただけますよ」

そうですよね。絶対そうだと思った。

「ありがとう」

亜海ちゃんが言う通り、かしゃかしゃと混ぜてひと口いただいた。長芋の軽い歯ごたえにピリ辛の高菜が絡んで、まさに絶品。口の中に高菜の香りと辛さが残っているうちにビールを飲んだ。

美味しい。やっぱりこの味はビールに合う。

あれ、ビールが美味しかった。料理の力が悩みやつらさに勝ったということなのだろうか。

顔を上げると、カウンターの中のユウさんと目が合った。

「お気に召していただけましたか」

落ち着いた笑顔だ。

「お料理が美味しいから、ビールも美味しくなって……」

そこまで言って言葉に詰まった。私の悩みなんて、しょせん長芋の千切り以下。ビールの泡程度。

「ゆっくりしていってくださいね。何か召し上がりますか」

お通しであの美味しさだ。期待はできるのだろう。でも食欲は相変わらずわいてこない。

「なにかさっぱりしたお料理お願いします」

「はい、承知しました」

ユウさんは笑顔で頷いた。

ビールをひと口飲んだ。また元の味に戻ってしまっている。思わずため息が漏れる。

「ため息するたびに、幸せが一つ逃げていきますよ」

かいしんさんと呼ばれていた男性が声をかけてきた。

「失礼、お一人の方に声をかけるのは無粋《ぶすい》と承知の上ですがね。先ほどからずいぶん、思い悩んでいらっしゃるようなので、つい」

ユウさんとは違った意味で、魅力的な笑顔だ。思わず引き込まれてしまう語り口も心地よい。

「構いません。今夜は黙っていると、ずんずんずんずん地の底まで沈んでいきそうな気分ですから」

「そりゃ大変だ。わたくし寿亭《ことぶきてい》かいしん、心を改めると書いて改心。落語家でございます」

「加納彩音と言います。彩《いろど》る音と書いて彩音です」

笑顔につられて、自然に自己紹介してしまった。

落語家と直接話をするのは初めてだ。この語り口と笑顔も落語家ならではなのだろう。でも……。

「落語家さんって、いつも着物なのかと思っていました」

「あれは仕事着です。交番のおまわりさんだって、仕事が終われば制服を脱いで飲みに行くでしょ。それと同じことですよ」

改心が嬉しそうに言って、残っていたジョッキのビールを一気に喉に流し込んで、亜海ちゃんにお代わりを頼んだ。豪快な飲みっぷりだ。落語の世界なんて想像もつかないけど、言われてみればいかにも芸人さんという感じがする。

「失礼ですけど、落語の世界って厳しそうですよね。よほど好きじゃないと続かないでしょうね」

彩音が訊くと、改心は新しいジョッキを手に持って顔を向けてきた。

「つらいと思ったことはありません。好きなことをやってるんですからね」

力みのない軽い調子で改心が言った。

「こいつはね」

改心の向こうに座っている職人風の男性が声をかけてきた。亜海ちゃんは、大将と呼んでいた。

「この辺りじゃ有名な悪ガキでね。それがひょんなことから落語の世界にはまっちゃったんだよ。そうだよな改心」

「高校三年生の夏でした。あれが、あたしの人生の転機だったんですよ」

改心が少し照れたような顔をして話を始めた。

渋谷の街を肩で風切って歩いていて、同じ年ごろの三人連れと喧嘩《けんか》になった。負ける気はしなかったが、さすがに三人相手では分《ぶ》が悪く裏道に連れ込まれてボコボコにされたそうだ。

「そこに一人のジイさんが通りかかった。おい坊主、大丈夫か。うるせいじじい、あっち行ってろ。喧嘩に負けたにしちゃあ元気がいいな。一緒においで。なんとも不思議な雰囲気でしてね。連れていかれたのが、近くのホールでやっていた落語の独演会だったんです。ジイさんは、ここに座って観ていろと言って、いなくなっちまった」

改心が嬉しそうに言って、ビールをひと口飲んだ。

「落語なんて聴いたことがなかったけど、これが面白くてね。最初に出てきた前《ぜん》座《ざ》なんて、あたしとそれほど変わらない歳だけど、しっかり笑わせてくれました。そして出てきた真打《しんうち》ってのが、さっきのジイさんでした。これがすごかった。最初の噺《はなし》は滑稽噺《こっけいばなし》ってやつで、腹抱えて笑っちゃいました。仲入りっていう休憩を挟んで、次の席は人情噺。これが泣けちゃってね。なんだこいつら、人の心の中にずかずか入ってきて感情を思いっきり揺さぶりやがる。そう思いましたよ」

独演会の後、楽屋によばれて感想を訊かれた。しばらく考えて、俺も落語家になれるだろうか、と訊いたという。

「どうせもう一度警察のご厄介になったら退学だし、こっちから辞めて落語家になりたいってね。そうしたら師匠が言ったんです。卒業証書を持ってきたら弟子にしてやるよって」

その程度の覚悟がない人間に落語の修業なんかできやしない。学校クビになってチンピラにでもなんでもなっちまいな。師匠は、そう言ってさっさと帰ってしまったということだ。

「もう一度、考えました。それでも落語の面白さはそれまで感じたことのないものでした。ようし、やってやろうってことで、それからは喧嘩は封印して勉強もしました。まあぎりぎり卒業できる程度の勉強ですけどね」

「それで無事卒業して、弟子入りしたんですか」

彩音が訊くと、改心は嬉しそうな顔でビールを飲んだ。

「でもどうして師匠さんは、喧嘩でボコボコにされた改心さんを落語に連れて行ったんですか」

「それについちゃあ、あたしも不思議でね。でも前座の間は師匠にそんなことは訊けない。二つ目になった時に初めて訊いたんです。そしたら師匠は、真打になれたら、その時に教えてやるよ。そう言って笑ってました。ですからまだ当分は謎のままです」

改心は、手にしたジョッキには口をつけず、ちょっと照れたような顔をした。

「今となっては、どうでもいいことです。師匠のおかげでこうして落語をやっていられるんですから」

「改心さんは、ちゃんと夢を形にして、今も進歩し続けている。立派ですよ」

ユウさんがカウンターの中から声をかけた。

「そうだ改心。お前、最近はずいぶん人気が出て、チケットがとれない落語家だっていうじゃないか。偉いもんだ」

大将が楽しそうな顔を改心に向けた。

「大将もちゃんと夢をかなえているじゃないですか」

ユウさんが穏《おだ》やかな笑みを浮かべながら大将を見た。

彩音も大将の顔を見た。

目が合うと大将はにっこり笑った。

「そうだよ。高校卒業して大工の棟梁《とうりょう》に弟子入りしたんだ。いつか地元のこの街で一本立ちする。それが俺の夢だったんだ。ちゃんと夢を果たして今じゃ従業員二人の大工務店の親方さ」

大将は嬉しそうに言って、亜海ちゃんに日本酒のお代わりを頼んだ。

みんな自分の夢をかなえて人生を充実させている。それに比べて自分はどうなんだろう。

「夢か……」

思わずつぶやいてしまった。

「彩音さんは、どんな夢をお持ちなのかしら」

つぶやきが聞こえたのか、ユウさんが訊いてきた。

慌てて、顔の前で手を振った。

「あたしなんてアラフォーのバツイチですから。夢なんて持たずに生きていくだけで必死です」

自分で言っちゃった。バツイチ。

ユウさんが、ちょっと寂しそうな笑顔を向けてきた。

「改心さんが落語家になれたのも、大将が親方になれたのも理由があるのよ」

ユウさんが微笑は絶やさず諭《さと》すような声で言った。

どんな理由だろう。聞いてみたい。

「それはね、目指したから」

どういう意味ですか。

「ずっと先の夢がかなうかどうかなんて、神様にもわからない。でも一つだけわかっていることがある。目指さなければ絶対になれない」

ユウさんは微笑んだままだが目は力強い。

吸い込まれそうになるのと同時に、その目を見ていられないような気持ちになった。

「お待たせしました。ササミの梅海苔和《のりあ》えです」

亜海ちゃんが声をかけてお皿を置いてくれた。

茹《ゆ》でたササミをひと口サイズにちぎって梅肉《ばいにく》と和えてあるようだ。たっぷりの焼き海苔と白ごまも混ざっている。

「どうぞ、召し上がってくださいな」

ユウさんが優しい表情に戻って言った。

「いただきます」

小さく言って、ひと口いただいた。

淡泊な味のササミが梅肉をまとって爽やかな料理になっている。焼き海苔が軽いアクセント。それにちょっと刺激を感じるのはワサビだろう。ごまとワサビの香りが爽やかさを引き立てている。

大きく頷いてビールをひと口。美味しい。ユウさんの料理のおかげで、またビールが美味しくなった。

ちらりとカウンターの中に目を向けた。ユウさんは、小上がりから受けた注文の料理を作っている。

目指さなければ絶対になれない。

まさにその通りだ。どんな夢だって目指すところから始まる。

でも……。改心さんも大将も夢を抱いたのは十八歳の時。三十八歳の自分とは条件が違い過ぎる。

背中が丸まっていく。今夜はこの一杯を飲んだら帰ろう。そう決めてビールをひと口飲んだ。苦かった。

それでも頭の中で繰り返した。

目指さなければ絶対になれない。

演奏会から五日がたった。

いつも通りの仕事の日々が続いた。心のどこかに隙間風が吹いている。吹奏楽部の練習には、あれから顔を出していない。

「加納さん」

仕事を終えて店を出たところで阿久津が声をかけてきた。Vネックの白いTシャツの上に紺色のサマージャケットを羽織《はお》っている。引き締まった身体によく似合い、若さが一段と引き立っている。

「どうしたの」

「良かったら飲みに行きませんか」

これまで阿久津と飲みに行ったことなどない。　職場の人間と飲みに行くのは送別会くらいのものだ。

「どうしたの急に」

「いや、たまにはいいかなと思って……」

いつもの爽やか笑顔ではなく、妙に緊張しているように見える。

「いいわよ。どこかいい店知ってる？」

「えっ、いいんですか」

「なによ、自分で誘っておいて」

「すいません。加納さん、どんなお店が好みですか」

「普通の居酒屋でいいわよ」

阿久津は彩音の言葉に頷き歩き出した。

阿久津が連れてきてくれたのは、ちょっと洒落《しゃれ》た感じで、それでもリラックスして飲める居酒屋だった。店内はサラリーマンや若い男女でほぼ満席だ。

生ビールで乾杯したのはいいが、阿久津は妙に緊張した様子で、会話はすぐに途切れてしまう。

「阿久津君は、何で転職したの」

彩音の方から話題を振った。ずっと気になっていたことだった。

阿久津の表情がいくらか緩《ゆる》んだように見えた。

「夢だったんです。音楽に関係した仕事をするのが」

阿久津は、嬉しそうに続けた。

「学生時代に、以前から興味があったテナーサックスを始めたんです。ネットで中古品を買いました」

大学時代は、夜中にカラオケボックスに行って独学で練習していたが、就職してからは、音楽教室に通って基礎から習ったということだ。

「しばらくして、地元に素人吹奏楽団があるのを知って参加したんです。一度ステージに立ってからは、もう病《や》みつきでした。元々ジャズが好きだったから、仲間を集めて素人ジャズバンドも結成して、今も活動を続けているんです。そんなことをしているうちに、音楽に関わる仕事をするのが夢になったんです。プロの演奏家になるのは無理ですが、僕がそうだったように音楽の楽しさをみんなに知ってもらいたい。それで楽器店を選んだんです」

阿久津が少し照れたように笑って、ビールを飲んだ。

「採用試験の時は、専門知識も必要だったでしょ」

阿久津の音楽や楽器に関する知識は、入社した時からサックスに限らず販売員として十分なものだった。

「転職を決めたのが二十八の時でした。三十までの二年間を準備期間と決めて勉強しました。机に向かってまじめに勉強するなんて、大学受験以来でした。地元に住んでいる音大の先生が、ボランティアで楽団の指導をしてくれていたんです。その先生にもいろいろ教えていただいたし、他の楽器のことは楽団の仲間からもずいぶん教えてもらいました」

力みもなく当然のことをした、そういう言い方だった。

自分の夢を持ち、そしてかなえた。夢のスタートは二十八歳。改心や大将より十歳近づいたが、それでも二十代だ。

ジョッキはいつの間にか空になっていた。二人とも二杯目の生ビールを注文した。

「なんで、今日は誘ってくれたの」

再び話が途切れたので、一番知りたかったことを訊いた。

阿久津は少し躊躇《ためら》った表情を見せてから口を開いた。

「最近、加納さん元気がないんで、どうしたのかなと思って。朝の加納さんの笑顔が僕の一日のエネルギー源なんです」

「何それ」

「僕の一日は加納さんの笑顔から始まるんです」

阿久津は早口で言って、ジョッキに視線を落とした。

なんだか調子が狂うけど、そう言われて悪い気はしない。

「私も阿久津君の爽やか笑顔に癒《いや》されてるわよ」

正直な気持ちだ。

「加納さん」

阿久津が顔を上げて、思い詰めたような表情を向けてきた。

ちょっと小首を傾《かし》げて先を促した。

「離婚したって本当ですか」

それを確認したくて誘ったのか。誰から聞いたのだろう。

「情報通ね。その通りよ」

ジョッキのビールをひと口飲んだ。少し苦くなっている。

「そうですか……」

阿久津が下を向いた。

「何よ、そんな顔して。今時、珍しくないでしょ。結婚生活は失敗だったけど、これから新しい人生を歩き始めるのよ」

「そうですよね」

阿久津が勢いよく顔を上げた。

「じゃあ、また誘っていいですか」

別に誘ってくれてもかまわないけど。

「わざわざ三十八のバツイチを誘うことないでしょ」

また言っちゃった、バツイチ。

「そんな言い方しないでください。僕は加納さんと、もっと話がしたいんです」

「何の話をするの」

「それは、これからやりたいこととか、楽しい話を……」

「あなたは、何かやりたいことがあるの」

「まだまだあります」

「あら、どんなこと」

「聞きたいですか」

「話したいんでしょ」

阿久津がにっこり笑うと、思わせぶりにビールをひと口飲んだ。

「最初の目標は、加納さんみたいに高校の吹奏楽部を担当して、そこが全国大会に出場すること」

胸が痛む目標だ。曖昧《あいまい》な笑顔で相槌《あいづち》を打った。

「もう一つは、自分の店を持つことです」

「楽器店？」

「違います。ジャズバーです。奥に小さなステージを造って定期的に仲間とそこで演奏する。それに週に一日はお客さんの日にして、趣味で楽器をやっている人にステージで演奏してもらうんです。ジャズバーに集まるお客さんで楽器をやっている人って、けっこう多いんですよ」

阿久津が身体を少し乗り出して、どうです、と訊いてきた。

それは面白そうだけど。

「今の仕事は、腰かけなの？」

「まさか。楽器店で働きたくて転職したんですから。仕事はやりがいがあるし、全国大会という目標もあります。バーは、その次の夢です。四十代の内にと思ってます」

「ずいぶん先の話ね」

「そうです。資金も貯めなきゃいけないし、お酒や料理だけじゃなくて経営の勉強もしないといけないですからね。でもこれはまさに夢ってやつです。そんな夢を一つくらい持っていてもいいと思いませんか」

夢は目指すところから始まる。

「それに、もう一つ新しい夢が加わりましたから」

「まだあるの」

彩音が訊くと、阿久津は残ったビールを一気に飲み干して、ジョッキをテーブルに置いた。

「僕はバーのカウンターの中に立っている。その隣に加納さんがいてくれたら。いや加納さんはステージで演奏かな。そんな夢も加わりました」

どういう意味？

訊こうと思ったが口を開けなかった。阿久津が屈託のない笑顔を真っ直ぐ向けてきている。

胸の辺りが熱くなってきた。動悸《どうき》が高まる。

「変なこと言って、からかわないで」

「からかってなんかいないです。加納さん、独身になったんですよね。だったら僕にも――」

「いい加減にして」

六歳も年上のバツイチ相手に。またこの言葉が頭に浮かんでしまう。

「本気です」

阿久津が静かに言った。彩音の焦りをいなすような口調だ。

「一緒に夢の話をしたい女性、一緒に夢を目指したい女性。僕にとって加納さんはそういう存在なんです」

彩音は、阿久津から目を逸らしてジョッキを持った。ジョッキの縁に唇をあてただけでテーブルに戻した。

「ありがとう。でも私は離婚が成立してから、まだ二週間もたっていないの。まだそんな――」

「さっき言ったじゃないですか。これから新しい人生を歩き始めるって。新しい人生はもう始まっているんですよ」

阿久津が空のジョッキを手に持って続けた。

「今日は、加納さんの新しい人生の選択肢の中に立候補した。それだけ覚えておいてください」

阿久津がいつもの爽やかな笑顔を向けてきた。

からかったり、酒の席の冗談でこんなことを言う人じゃない。だったらどう受け取ったらいいのだろう。

彩音は黙って頷いた。動悸は続いている。

「おはようございます」

売り場に入ると、阿久津が声をかけてきた。

昨日のことなどなかったような、いつもの阿久津だ。

「おはよう」

彩音は、できるだけ意識しないように挨拶を返したが、笑顔が歪《ゆが》むほど緊張してしまった。妙に一日が長く感じた。

閉店間際に思わぬ人が訪ねてきた。明日香女子高の高嶋だ。

「彩音さん、お話ししたいことがあるんだけど、お仕事の後、時間をいただけないかしら」

少し緊張した面持《おもも》ちだ。何かあったのだろうか。今日は閉店後に事務作業もないので、近くの喫茶店で待ち合わせることにした。

すぐに閉店時間になり、彩音は急いで着替えて店を出た。

喫茶店のドアを開け中に入ると、一番奥の席に高嶋が座っているのが見えた。

「お待たせしました」

声をかけて高嶋の正面の席に腰を下ろした。注文を取りに来た店員にコーヒーを頼んだ。高嶋の前にもコーヒーが置いてあるが、口をつけた様子はない。

「お話って、なんでしょうか」

高嶋が口を開かないので、彩音から訊いた。

「彩音さん、ごめんなさい」

高嶋が小さく頭を下げた。

「先日は、本当に失礼なことを言ってしまって」

顔を上げた高嶋が彩音にしっかり目を向けながら言った。

「今年は全国に行ける。その手応えがあったの。それなのにだめだったでしょ。それで私、少し焦っていた。あの後、三年生とずいぶん話をしたの。特にリーダーの青山希美と。彼女は全体をまとめるのにずいぶん気を遣い苦労もした。そんな状況でも一番伸びたのが彼女だった」

高嶋は言葉を切ると、コーヒーカップを手に取り軽く口をつけた。カップを置いた高嶋が彩音に顔を向けてきた。

「彼女に上達した要因は何だったのか訊いたの。もちろん練習はこれまで以上にやった。でも彼女自身が一番感じていたのは、考え方を変えたからだと言うの」

確かに青山希美は、三年生になって目に見えて上達した。

「彼女が言ったの。考え方を変えてくれたのは、彩音さんだって」

　彼女には何度かアドバイスをしたが、それほど難しい話はしていない。彩音は黙って高嶋の言葉を待った。

「うまくいかない時や失敗した時に、なぜうまくいかないのか、なぜ失敗したのを考えてもダメ。どうすればうまくいくかだけを考えなさい。彩音さんにそう言われたって」

　それは彩音自身が心がけていたことだ。

「やることは同じかもしれないけど、後ろを振り返りながら練習するか、一歩前に出て練習するか、その違いは大きい。そんなことも言っていたわ。後輩にも同じ言葉をかけていたって」

　胸の辺りが温かくなってきた。希美の笑顔が浮かんだ。そんな風に思ってくれていたのか。嬉しい。

「他にも、考え方やテクニックで、彩音さんはとてもわかりやすくアドバイスしてくれた。そう話す子がたくさんいたの。最初は、少し腹が立った。無責任な立場で言いたいことだけ言っているからだってね。でも詳しく訊いてみると、それぞれの個性を見極めてのアドバイスだとわかったの。やはりあなたのアドバイスは的確で生徒たちの役に立っていた」

高嶋はそこまで言って、穏やかな笑みを浮かべた。

「そこで今日は、先日のことを謝るのと同時に、お願いに来たの。彩音さん、いままで通り子どもたちにアドバイスを続けてほしいの。ただ事後報告でいいから、誰それにこんな話をした、それは教えて。私の指導方針と違うことがあれば、はっきりそう言います。勝手なお願いだとわかっているけど、どうかしら」

断る理由なんかどこにもない。

「ありがとうございます。高嶋先生の方針をちゃんと理解したうえで、生徒さんたちにアドバイスさせていただきます。仕事が休みの日はみっちり付き合わさせていただきますし、大会が近づいたら遅くまで練習していますよね。その時期は仕事が終わってから駆け付けます」

最後の方は言葉にかなり力がこもってしまった。

「だめよ、そんなに付き合ってもらったら、ご主人に怒られちゃうわ」

ここはちゃんと話しておいた方がよさそうだ。

「お伝えしていませんでしたけど、つい最近、離婚したんです」

「あら」

高嶋がひと声上げてから少し考え込んだ。

「それでも週に一、二回が限度でしょ。少し引いた目で見てもらった方がいいかもしれないし」

「ではこれまでより少し回数を増やすくらいでお願いします」

彩音はテーブルに両手を置いて頭を下げた。

「あなたみたいに、一人一人の個性をちゃんと活かせる人が教師に向いているのにね」

顔を上げると高嶋が、コーヒーカップを手にして彩音を見ている。

彩音の胸の中に小さな火が灯った。これが最後のチャンスかもしれない。口にしてもいいのか、躊躇いが頭をもたげる。目指さなければ絶対になれない。ユウさんの言葉が背中を押してくれた。

「高嶋先生、実は私、以前から音楽教師になりたいという夢があったんです。社会人経験者を採用する高校が増えていると聞いたことがあります。音楽教師もそういう募集はあるんでしょうか」

突然の話に、高嶋は少々面食らった様子だが、すぐに気を取り直したように頷いた。

「確かに募集している高校はあるわよ。でもかなり狭き門であることは間違いないわ。特に音楽教師は学校でも人数が少ないから」

「それでも目指してみたいと思います。吹奏楽の練習のお手伝いももっと力を入れますから」

これが一番大事だ。彩音は背筋を伸ばして高嶋に目を向けた。

「全国大会に出場できたら、推薦状を書いていただけないでしょうか」

彩音の言葉に高嶋は斜め下に視線をずらし少し考える表情をした。やがて顔を上げると真剣な表情を向けてきた。

「たしかに音楽教師だったら吹奏楽の指導ができるというのは売りになるわね。吹奏楽コンクールの全国大会は野球の甲子園と一緒で、けっこう生徒集めに効果があるのよ」

「お願いします」

頭を下げた。

「本気みたいね」

高嶋が言った。

顔を上げると、高嶋が温かい笑みを向けてくれていた。

「かなりの狭き門であることは間違いない。そう簡単にはいかないわよ。もし教師を目指すなら、さっきの話は取り消し。もっとうちの学校にのめり込んで指導を手伝って。それで来年、遅くても二年後には全国大会に出場しましょう。そうすれば私が推薦状を書いてあげられる。全国大会出場の看板は効果絶大よ」

「ありがとうございます。二年後だと……」

四十歳だ。急に現実が心に迫ってきた。

高嶋にも言いたいことはわかったようだ。

「あなたも五十歳になればわかるわよ。四十歳なんてまだまだこれから。時間はたっぷりある。やりたいことがあればね」

その通りだ。力が湧いてきた。

「高嶋先生、お願いします」

「うん、楽しくなってきた。次のお休みはいつかしら。これからどうやって進めていくか、じっくり作戦を練りましょう」

高嶋が嬉しそうに言ってコーヒーをひと口飲んだ。

彩音もコーヒーカップに手を伸ばした。決して簡単にはいかないことはわかっている。

それでも挑戦する価値はある。

三十八歳、いい年齢に思えてきた。


「いらっしゃいませ」

亜海ちゃんの明るい声に迎えられた。カウンターの中からユウさんが優しい微笑みを向けてくれている。

時間が早いせいか、客はカウンターの一番奥にトレーナーにジーンズというラフな格好の男性が座っているだけだ。

先日と同じ、カウンターの中央に腰を下ろした。

おしぼりを持ってきてくれた亜海ちゃんに生ビールを頼んだ。

「いらっしゃいませ。また来ていただけて嬉しいわ」

ユウさんが笑顔で声をかけてきた。

彩音は、高嶋と別れた後、いったん家に帰ろうかと思ったが、気持ちが高ぶって、そのまま帰る気にはなれなかった。そして新たなスタートにふさわしい店と考えてやってきたのが灯火亭《ともしびてい》だった。

「お待たせしました」

亜海ちゃんがジョッキとお通しの皿を置いてくれた。

まずは生ビールを喉に流し込む。

うん、こんな日のビールは格別の美味しさだ。

お通しの皿に目をやった。

叩きキュウリだ。たっぷりのシラスと和えてある。ひと口いただく。味付けは酢醤油《すじょうゆ》。シラスとキュウリの相性も抜群だ。ピリッと辛子《からし》がきいている。口の中に美味しさが残っているうちにビールをひと口。お通しだけで一杯いけそうだ。

「何かいいことがあったのかしら」

ユウさんが声をかけてきた。

「わかりますか」

「先日とは雰囲気がまったく違ってるわよ。何だかキラキラ輝いている」

ユウさんの目には、そんな風に見えるのだろうか。

「先日ここでお会いした改心さんや、大将さんと同じように、私も夢を持つことができました。お二人よりは二十年遅れてますけど」

「夢は持った日がスタート。遅いことなんかありませんよ」

ユウさんが心底嬉しそうな顔で言ってくれた。ユウさんの笑顔は勇気をくれる。

「かなり厳しい条件をクリアしないといけないんですけど、二年かけてスタートラインに立てるようにするつもりです」

「二年？」

「はい、四十歳から新しい人生をスタートさせる。この二年間は、その準備期間です」

「素敵なお話ね。今日は美味しいものをたくさん食べて、しっかり英気を養ってくださいね」

もちろんそのつもりで来ました。

「お肉料理、何かいただけますか」

「承知しました」

ユウさんがゆったりと頷いた。

お通しでビールを飲みながら、楽しい未来を想像した。高校生たちの汗、笑顔、涙。一緒に進化していける仕事だ。

高校生の笑顔の中に、阿久津の笑顔が紛れ込んできた。慌ててビールで洗い流す。阿久津の姿は消えたが、昨日の言葉が頭の中を行ったり来たりし始めた。

離婚したとたん六歳も下の男性にあんなことを言われるなんて。胸が静かに波打つ。

ジョッキを手に取り残りのビールを飲み干した。今は余計なことは考えず、全国大会への道、教師への道に全力投球。

「お待たせしました」

目の前にお皿が置かれた。

これはかなりがっつり系のようだ。照り焼きだろう。濃い醬油色の豚肉で何かを包んである。箸でつまめるサイズが三つ盛ってある。

「お代わりお持ちしましょうか」

亜海ちゃんの声に、お願いします、と答えてから箸を取った。

一つつまんでかじってみる。肉にはしっかり甘辛い味が付いている。中は柔らかく茹でた大根だ。肉の味が染みているが大根の甘みはちゃんと残っていて口に優しい。初めて食べる味だ。

亜海ちゃんが持ってきてくれたビールを飲んだ。絶妙。

彼もこんな料理が好きそうだな。もう一つ口に入れて思った。

阿久津とのことは、あまり重く考えずに、一緒に食事を楽しむくらいから始めればいいのかもしれない。でも二度と失敗はしたくないな。

それに今はもっと大切な目標がある。

「お気に召していただけたかしら」

ユウさんに声をかけられて顔を上げた。

「面白いお料理ですね。美味しいです」

「それは良かった。でも……」

ユウさんの笑顔が何かを問いかけるような色になった。

「せっかく夢を見つけたのに、まだ別の悩みがあるのかしら」

「わかりますか」

ちょっと上目遣いでユウさんを見た。

「さっきから楽しそうな顔と深刻そうな顔が行ったり来たりしていましたよ」

そうだったのか。

「この歳で夢を追うとなると、あれもこれもとはいかなくて。二兎《にと》を追うもの一兎《いっと》をも得ずってことですよね」

「それは違うわよ」

ユウさんは笑顔のまま続けた。

「二兎を追うものだけが二兎を得られる」

どういうことでしょうか。

「一兎だけを追っていたら、どんなに頑張っても一兎しか得られないでしょ。でも二兎を追っている人は、頑張れば二兎を得られる。人生は一度きり。遠慮しないでもっと欲張っていいのじゃないかしら」

ユウさんは言葉を切って、悪戯《いたずら》っぽい笑みを浮かべた。

「夢のために恋愛を捨てることはないし、恋愛のために夢をあきらめる必要もない。何事も心のままに」

悩みの原因は、お見通しのようだ。

ユウさん笑顔は優しく、そして力強い。

そうですよね。ユウさんの目を見たまま、彩音は頷いた。

阿久津とのことは、難しく考えず、流れのままに自分の心を見つめていけばいい。ユウさんの言葉は、そう思わせてくれた。

阿久津を誘ってここに飲みに来ようかな。ふと思って頭を振った。ここは私のとっておきのお店だ。しばらくは一人飲みを楽しむお店にする。

彼を連れてくることがあるとすれば、それは……。

うん、そういうことだ。そんな日がくるかな。

今夜からサックスは枕元に置こう。私の夢への道はそこから始まる。

小上がりから新しい注文が入り、ユウさんは料理の支度を始めた。少しの間を置いて、優しい出汁の香りが彩音を包んだ。

二人の味

「お前、顔がにやけてるぞ」

同僚の菊池《きくち》が、からかうように言った。

「にやけてなんかないだろ」

高瀬恭平《たかせきようへい》は、菊池から目を逸《そ》らしてジョッキのビールを喉に流し込んだ。会話が途切れた時に、ふと彼女のことを思い出していた。見透かされたようだ。

サラリーマンの聖地、新橋の居酒屋だ。金曜日の夜とあって、一週間の疲れを癒《いや》す会社帰りの男女で満席だ。

同期入社の菊池とは、月に一、二回、二人でこうして飲んで、仕事の愚痴《ぐち》やプライベートでの出来事を肴《さかな》に、酒を楽しんでいる。

大学を卒業して、今の会社に入り十年以上がたつ。二人とも三十五歳になった。お互い違う部署だが部下を持つ身になり、愚痴の中身も変わってきている。

「とにかく最初が肝心だぞ」

菊池がまじめな顔で言った。

「どういうことだ」

「俺は最初に失敗したからな」

菊池が苦笑いを向けてきた。

恭平は、半年後の来年春に結婚を予定している。菊池は既婚者だ。

「俺は結婚してすぐの頃は、少々無理をしても早めに仕事を切り上げて帰ったし、帰りに酒を飲みに行くなんて気にはならなかった。まあ家に帰るのが楽しみだったしな。ところがしばらくすれば、当然だけど結婚前と同じペースで残業をしたり、飲みに行ったりするようになるよな」

菊池が覗《のぞ》き込むようにして、わかるか、と言ってニヤリと笑った。

「嫁さんにしてみたら、新婚当時は、ちゃんと帰ってきたのにこの頃は、と不満に思うわけだ。その気になればちゃんと帰ってこられるはずだ。そう思ってるからな。最初に慣れないことをすると、あとで苦労することになる」

菊池は、笑顔を歪《ゆが》めて言った。

恭平は、思わずため息をついた。

「それは、家でダンナの帰りを待っている専業主婦の場合だろ。俺たちは三十歳を過ぎて仕事を持ってる二人が結婚するんだぞ。お互いの仕事は尊重しながら二人の時間を楽しむ。それくらいの知恵はあるんだ」

恭平は、軽く受け流してジョッキに手を伸ばした。

「まっ、そりゃそうだな」

菊池は、あっけらかんと言って鶏《とり》のから揚げを口に放り込んだ。

「絵梨香《えりか》さん、相変わらず仕事は忙しいのか」

菊池が顔を向けてきた。

「忙しさは俺以上かな。職場でそれなりの仕事を任せられるようになっているみたいだし。でも仕事にやりがいを感じているくらいの方が頼もしいし、こっちも気が楽だよ」

恭平は、本心でそう答えたつもりだが、不安がないわけではなかった。恭平の会社は、残業は日常的にあるが、基本的に土日祝日は休みで、お盆や年末年始も休める。だが婚約者の絵梨香の会社は、残業だけでなく休日出勤も珍しくない。家事の分担をどうするのか、近い将来の話として子供はどうするか。具体的な話はまだしていない。その手の話になると、最後は、結婚してから考えよう、どちらかがそう言って話は終わる。

夫婦の形はいろいろだ。結婚してみなければわからないこともあるだろう。二人とも三十を過ぎて惚れ合って結婚するんだ。経験を積んだ分だけ知恵も出るはずだ。

胸のポケットでスマホが震えた。絵梨香からＬＩＮＥだ。

『これから恭平の部屋に行ってもいい？　九時までには行ける』

明日は土曜日で恭平は休みだ。絵梨香も休日出勤はないということだろう。思わず頬が緩んだ。ＯＫとＬＩＮＥを返して顔を上げると、菊池がにやにやしながら恭平を見ていた。

恭平は、文句あるか、とつぶやくように言って、ジョッキのビールを飲み干した。


「どういうことだよ。突然そんなこと言われても……」

「私だって、今日初めて部長に言われたのよ」

絵梨香が、セミロングの髪を右手でかき上げながら、困惑した表情で答えた。仕事帰りなので、紺の細身のパンツスーツに白のブラウスというスタイルだ。二人で遊びに行く時のジーンズにＴシャツというラフな格好もいいが、恭平は仕事着の時の絵梨香が好きだった。きりっとした顔立ちでこの服装をしていると、仕事ができて何事にも前向きに取り組む女性、そんな雰囲気を醸《かも》し出す。

だが今夜はそんなことを言っている場合ではなかった。

まさに突然の話だった。

絵梨香に長野支社への転勤の話が持ち上がっているというのだ。それも営業部長というポストでだ。

絵梨香は中堅の保険会社に勤めている。入社して十年が過ぎ、新たな資格も取り顧客も増やして、かなり頑張っているのは知っている。それでも転勤があるなどという話は聞いたことがなかった。

恭平の2DKのマンションに絵梨香が来たのは、午後九時を少し過ぎていた。

ワインでも飲むか、と言った恭平に、絵梨香は大事な話があると言って、転勤の話を切り出した。

いつものように小さなテーブルを挟んで座っている。

「そんな大事なことだったら、事前に雰囲気とかでわかるんじゃないのか」

ついつい批判的な口調になってしまう。

「長野の営業部長が心の病で休職してしまったの。急遽《きゅうきょ》その後釜《あとがま》に指名されたの」

「それなら営業部長が復帰するまでのつなぎということか。どれくらいで戻れそうなんだ」

「復帰しても激務の営業部長に戻るのは難しいというのが経営の判断」

「だったら絵梨香が東京に帰るのは——」

「短くて三年」

部屋の空気が急に重たくなり身体に覆いかぶさってきた。開け放した窓から微かな風が舞い込み、二人の間を流れていった。

三年、三年、頭の中で繰り返した。これをどう考えればいいんだ。

「この歳で営業部長って抜擢《ばってき》人事よ。ちゃんと勤め上げて本社に帰ってきたら、さらにステップアップできる。私にとってはチャンスなの。わかるでしょ」

わかる。ちゃんとわかる。それくらいのことはわかっている。だがそれとこれとは話が別だ。

「結婚のことは、どう考えているんだよ」

「今日、言われたのよ。何も考えていない。だから仕事が終わって、ここに駆け付けたの」

絵梨香が怒ったような顔を向けてきた。

「部長には、結婚のことは言っていなかったのか」

絵梨香が頷いた。

「それで、なんて答えたんだ」

絵梨香が視線を逸らした。

聞くまでもないことだった。

「いつ行くんだ」

「いいの？」

絵梨香が顔を上げた。

「いいも悪いもないだろ。それまでに、これから先のことをちゃんと話し合おう」

冷静になれ。自分に言い聞かせた。

「いつなんだ」

「正式な発令は、来月一日」

壁に掛けてあるカレンダーに目をやった。

「発令まで二週間か。少しは話をする時間はとれるだろ」

絵梨香がまた難しい顔をした。

「どうしたんだ。何かあるなら、一人で抱え込まずにちゃんと話してくれよ」

「向こうは営業部長以外にも、産休の社員もいて人が足りなくて大変なの」

ちょっと不安になる状況だ。

「来週の木曜日から長野に出張。応援という名目だけど、実質的には営業部長の仕事の引継ぎをすることになる。来月から、正式に営業部長としての仕事ができるようにしないといけないから。週末に部屋を決めて、翌週も仕事の流れによっては、いつ帰れるかわからない。手続きや引っ越しのことがあるから、少なくとも二、三日は帰れると思うけど」

冗談じゃない。

「お前の会社、おかしいぞ。いくら独身だからって、そんな人事異動、聞いたことない」

「今、長野支社は仕事が増えて順調なの。会社全体の利益にとっても重要な位置にあるのよ。力を抜くわけにはいかない状況なの。そこの営業部長よ」

絵梨香が身体を乗り出して、怒鳴るように言った。

「営業部長がどうした。俺たちは結婚するんじゃないのか。会社と結婚とどっちが……」

そこまで言って慌《あわ》てて口を閉じた。

「恭平がそんなこと言うとは思わなかった」

絵梨香が悲し気な目を向けてきた。

冷静になれ。恭平は、もう一度、自分に言い聞かせた。

「今夜は、泊まっていくんだろ。冷静になって話をしよう」

「ごめんなさい」

絵梨香が強い口調で言った。

「木曜日には長野に行くから、それまでに私が個人的に持っているお客さまと後任の引継ぎをしないといけないの。相手の都合もあるから、今はまったく予定が立たない。今日は帰って、そのための資料作りをする。この土日も出社して、職場の片付けや社内での引継ぎをすることになってるの」

夜は空いているだろう。そう言いかけて口を閉じた。絵梨香の言葉は、これ以上、余計なことは言わないで。そう聞こえた。

「ごめんなさい。どこかでちゃんと時間は作る。今は少し待って」

「少しって、三年か」

思わず口にしてしまった。

絵梨香が何も答えずに立ち上がった。

恭平は、腰を下ろしたまま横を向いた。

玄関に向かう絵梨香が立ち止まった。

「恭平」

絵梨香の声に顔を向けた。

「結婚はしようね」

背中を向けたままの絵梨香がぽつりと言った。恭平は、黙って頷いた。絵梨香には見えない。しばらくじっとしてた絵梨香が、そのまま玄関を出て行った。

絵梨香がいなくなった部屋が急に広くなったように感じた。恭平は立ち上がり、棚のウイスキーのボトルを取り、グラスに注いだ。

窓辺に立って外に目を向けた。住宅地に建つマンションの四階だ。周囲のマンションや戸建ての窓に明かりが点《とも》っている。どんな人たちが、どんな暮らしをしているのだろう。そんなことは考えたこともなかった。

恭平はグラスのウイスキーを一気に喉に放り込んだ。喉から胸、胸から腹へと焼けるような感覚が一本の線になって落ちていった。

朝から面白くないことが続いた。いや正しくは、何を見ても聞いても面白くないと感じてしまう。

この土日に、絵梨香から連絡はなかった。何度もスマホを手にして連絡を取ろうと思ったが、金曜日のやり取りを思い出し、そのままスマホをしまうことの繰り返しだった。何をどう話せばいいのかわからなかった。

連絡した方が良かっただろうか。絵梨香もそれを待っていたのではないか。直接会って話をしないと、つまらない言葉の行き違いが決定的な溝になることがある。やはり連絡すればよかった。後悔が焦り になり苛立《いらだ》ちに変わっていく。

恭平が勤務しているのは、大手町にある教育用のソフトウェアの開発と販売を主な仕事にしている会社だ。恭平は、総務部のいわゆる事務部門だ。大学を卒業して就職した時は、社員が五十人ほどだったが、その後、業績を上げ、今は社員も百人を超えている。

ここ数年、小学校でもパソコンを使った授業が増えている。新たに開発した学校用の教育ソフトが評判を呼び、業績が大幅に伸びた。学校だけでなく全国の塾からも注文が相次いでいる。

しかしこの業界は年々、参入する企業が増え競争が激しくなっている。開発部門と営業部門は、まさに戦場の雰囲気だ。それに比例して総務の仕事も増えている。

総務の部屋は、比較的ゆったりしている。窓際に来客対応用のソファーセットが置いてあるが、めったに客が来ることはない。昼休みに社員が弁当を広げて使っていることがほとんどだ。

恭平の席は、ソファーの手前で窓に背中を向ける位置にあり、その前には縦に五脚ずつ向かい合って事務机が並び、十人の社員が自席で仕事をしている。この十人が恭平の部下だ。

同じ配置のシマが横に三つ並んでいる。真ん中のシマの窓際が課長の席だ。

「係長、これ作り直しました」

部下の笹原《ささはら》が資料を差し出してきた。

「申し訳ありませんでした」

笹原が頭を下げた。今年入社した二十三歳だ。頭の回転は速いが、集中力に難があり、時々凡ミスを犯す。今日も午前中に作成した資料で数字の間違いが一ヶ所あった。受け取った恭平も見落として課長に提出してしまい、恭平が課長に厳しく叱責《しっせき》された。

「課長に提出する資料の責任は俺にある。ただお前も繰り返しチェックはしろよ」

恭平は、資料を受け取りながら言った。

笹原が、わかりました、と返事をしてから少し身体を寄せてきた。

「この資料を作ったのが僕だって、課長もわかってますよね」

「当然だろ」

恭平が答えると、笹原は身体を伸ばすようにして顔を歪めた。

「まいったなぁ。係長の段階で気付いてもらえてたら、課長まで行かなかったのに。係長、今日は朝から調子悪そうでしたもんね」

「どういう意味だ」

自分の席に戻ろうとした笹原に声をかけた。思わずきつい口調になった。

笹原は、恭平の心中などまったくわからないという表情で、顔を近づけてきた。

「他の先輩から聞いたんですけど、課長って、評価が減点方式なんだそうですね。ミスをするたびに減点していく。その点、高瀬係長は加点方式で評価してくれるじゃないですか。だから課長にはミスを知られたくなかったんですよ」

笹原が一歩近づいてきた。

「高瀬係長、これからもよろしくお願いしますね」

まるで秘密を共有する小学生が、やりとりを楽しんでいるような顔だ。

「いいかげんにしろ」

思わず怒鳴り声を上げてしまった。

「仕事は学校のテストの点数じゃないんだ。半年たっても学生気分が抜けないような奴は出て行け」

たまっていた胸のもやもやがまとめて口から飛び出した。

笹原が信じられないものを見るように、目を見開いている。

「係長、僕はそんなつもりじゃ……」

急に泣きそうな顔でおろおろし始めた。

周囲の社員の動きが止まり、視線が集まっている。

恭平は、笹原を無視して手元の資料に目を向けた。絵梨香との件のうっ憤《ぷん》が下地にあったことが、微《かす》かな後ろめたさになって胸にひっかかっている。

そう思いながら顔を上げると、笹原が同じ位置に立って恭平を見ている。

「どうした。早く仕事に戻れ」

笹原は、歯を食いしばるような顔で恭平を見ている。

「いいか、俺が言いたいのは――」

「出て行かなくても……いいですよね」

「当たり前だ」

恭平が怒りを含んだ声で言うと、笹原は小さく頭を下げて自分の席に戻っていった。

恭平は大きなため息をつくと、目の前に並んだデスクの方に顔を向けた。みんな慌てたように顔を伏せてパソコンのキーボードを叩き始めた。

会社に入ってから怒鳴り声を上げたのは初めてかもしれない。

背中に課長の視線を感じるが、振り返る気にはならなかった。


「聞いたぞ」

会社を出たところで後ろから声をかけられた。

「お前がパワハラとはな」

菊池が隣に並んできて言った。

恭平は、思わず足を止めて菊池の顔を見た。

「パワハラ？」

昼間の笹原の件だろうか。

「噂ってのは足が速いからな。それも一人挟むごとに内容が微妙に変わっていく。三、四人挟んだら、誰もが一番面白がる内容ができあがってくる」

「お前に届いたのは、三、四人を通った後ということか」

菊池の耳にどんな内容が入ったのか想像がついた。

菊池は開発部門に所属している。新商品の開発や既存の製品の改良を考える頭脳集団だ。今年の春から、社内に四つあるチームのうちの一つのリーダーを任されている。役職で言えば恭平と同じ係長のポストだが、会社からの期待度はまるで違う。

「うちの会社は教育関係だから、パワハラやセクハラに関しては特に気にしているところがあるからな」

「脅かすなよ。そんなに面倒な話になりそうなのか」

胸の中に微かな不安が湧き起こった。今は、これ以上の面倒は抱え込みたくない。

「何があったんだ」

再び歩き始めた菊池が言った。

「うちの新人がつまらんミスをした。それを――」

「違うよ」

言葉を遮《さえぎ》られた。

「お前が声を荒らげるなんて、部下のミス以前に、よほどのことがあったんじゃないのか。絵梨香さんとのことか？」

前を向いたまま菊池が言った。

どう答えていいのか、恭平は歩きながら考えた。

夕暮れの街は、会社を後にしたサラリーマンが行き交っている。黄色く色づいた街路樹の葉が風に揺れ、街は秋の気配が濃くなっている。

「春の結婚は難しいかもしれない」

「そんな面倒な話を抱えてたのか」

菊池が足を止めて顔を向けてきた。

「話す気はあるか」

菊池らしい言い方だ。

「聞いてくれるか」

「わかった。そういう話をするには、もってこいの店がある。話はそこで聞こう」

菊池と一緒に地下鉄に乗った。そのまま私鉄につながっている。

大手町から三十分もかからなかった。恭平も学生時代にはよく来た街だ。駅を出ると国道を挟んで、両側に飲み屋街がある。

菊池は、こっちだ、と言って一本の道に入って行った。両側にずらりと飲み屋が並んでいる。サラリーマンが仕事帰りの一杯をやるためにあるような大衆居酒屋に焼鳥屋、ちょっと洒落《しゃれ》た料理を出しそうな若者向けの店。雑多な店が並んでいるが、敷居が高く感じる店は一軒もない。ビールやホッピーの幟旗《のぼりばた》が、秋の風にはためいて飲兵衛《のんべえ》の心をくすぐる。

菊池は飲み屋の並ぶ道から細い横道に入った。今までの喧騒《けんそう》が嘘のように静かな道だ。

「ここだ」

菊池が一軒の店の前で立ち止まった。

入り口の暖簾《のれん》には『灯火亭』の文字。ともしびてい、と読むのだろう。落ち着いた感じの居酒屋のようだ。

菊池の後について暖簾をくぐった。

「いらっしゃいませ」

明るい女性の声に迎えられた。左側にカウンター、右側には小上がりがある典型的な造りの居酒屋だ。店内は清潔感にあふれている。小上がりにサラリーマン風の二人連れ、カウンターには手前に年配の男性、奥に三十代くらいのパーカー姿の男性、どちらも一人客のようだ。

菊池が、年配の男性客に軽く会釈をして、カウンターの椅子に腰を下ろした。

恭平は、一瞬、座るのを躊躇《ためら》った。絵梨香との話をするなら、小上がりの方がありがたい。周りに聞かれたい話ではない。

「この店は、カウンターに限るんだ」

恭平の気持ちを察したように菊池が言ったので、ここは菊池に任せることにした。

「菊池さん、今日はお二人ですか」

カウンターの中の店主らしい女性が菊池に声をかけた。

「会社の同期の高瀬です。いろいろ抱え込んでいるみたいなんで、ここに連れてきたんですよ。ユウさん、よろしくお願いしますね」

「お酒とお料理で楽しんでいただくことしかできませんよ」

ユウさんと呼ばれた店主が笑顔で返事をして、恭平に顔を向けてきた。

「いらっしゃいませ。ゆっくりなさってくださいね」

ユウさんが笑顔で小さく頭を下げた。

恭平は、返事をするのも忘れて、ユウさんに見入ってしまった。

薄紫の作務衣を身に着けている。女性の装いだが声の感じからすると男性のようだ。ショートカットに薄い化粧、歳は四十歳前後だろう。切れ長の目に引き締まった口元は少し厳しさを感じさせるが、カウンターの中から向けてくる笑顔には何とも言えない優しさを感じる。そして恭平の心を摑《つか》んだのが、ユウさんの目だ。優しさの中に、奥の深い厳しさのようなものを感じる。

「いらっしゃいませ」

女性の従業員が笑顔でおしぼりを置いてくれた。ユウさんと同じ薄紫の作務衣を着ている。明るく感じの良い女性だ。

二人とも生ビールを注文した。菊池は、従業員の女性を亜海《あみ》ちゃんと呼んでいる。

「お前、この店はよく来るのか」

恭平は、おしぼりを使いながら訊いた。

「帰りに途中下車して、時々な。偶然入ったんだけど、一回で虜《とりこ》になった。ただし、しょっちゅうは来ない。本当に疲れた時や、仕事のことでも家のことでも、出口が見えない状況になった時に一人で来る。そう決めているんだ」

菊池がいったん言葉を切って、カウンターの中のユウさんをちらっと見てから、嬉しそうな顔を向けてきた。

「そういう店なんだよ。ここは」

どういう店なのかよくわからないが、菊池が相当気に入っていることだけはよくわかった。

「お待たせしました」

後ろから亜海ちゃんが声をかけてきた。

「今日もお仕事お疲れさまでした」

明るい声と一緒に、ジョッキとお通しの皿を二人の前に置いた。こんな一言をかけてもらうだけで、ちょっと嬉しくなる。

ジョッキを軽く合わせて生ビールを喉に流し込んだ。やはり最初のひと口は、全てを忘れさせてくれる。

お通しの皿に目をやった。

揚げ銀杏《ぎんなん》だ。モミジの模様の入った洒落た四角い皿に六つ、鮮やかな翡翠《ひすい》色の銀杏が並んでいる。殻《から》をむいて油で揚げて塩を振ったシンプルな一品だが、お通しで季節を感じさせてくれるのは嬉しい。皿に添えられた爪楊枝《つまようじ》で一粒刺して口に放り込んだ。まだ温かいほくほくの揚げたてだ。お通しからこんな一品を出されたら嫌でも期待が高まる。

「さて、どうする」

菊池がジョッキをカウンターに置いて顔を向けてきた。

「結婚について話をするか、それとも全部忘れて灯火亭の雰囲気に包まれて料理と酒を楽しむか」

なるほど。その二つを天秤にかける価値のありそうな店だ。恭平は、わずかの間考えた。

「やっぱり話を聞いてもらいたい。まさに出口が見えない状況なんだ。意見を聞かせてくれ」

恭平は、絵梨香の転勤の件と、それを聞かされた金曜日の夜のやり取りを詳しく話した。途中で何度かジョッキを持って喉を湿らせた。菊池もそれに合わせてビールを口にした。

話が一通り終わった時に一杯目のジョッキが空になった。

「なるほど。話はわかった。もう一杯ビールでいいか。つまみも何か頼もう」

菊池がさらりと言った。

反応の薄さに、肩透かしを食ったような気になりながらも、黙って頷いた。

「亜海ちゃん、ビールお代わりと、何かがっつりした料理あるかな」

菊池が声をかけると、亜海ちゃんは、ちょっと考えてから笑顔を見せた。

「黒豚の味噌漬け焼きはいかがですか。お味噌に漬けて三日目ですから、ちょうど食べごろで美味しいですよ」

亜海ちゃんが自信たっぷりの顔で言った。

「旨そうだな。じゃあ、それと野菜系で何かお薦《すす》め料理を」

菊池が言うと、亜海ちゃんは笑顔で返事をしてカウンターの中に入っていった。

「どう思うんだ」

恭平は、少し焦《じ》れて菊池に訊いた。

「悩みの意味がわからない」

「どうしてだ。彼女は来月には――」

「冷静になれ」

菊池が落ち着いた声で恭平の言葉を遮った。

亜海ちゃんが、控えめな声で、お待たせしました、と言って二杯目のジョッキを置くと、すっと離れていった。

「結論から言う。来年の春に予定通り結婚すればいい」

「聞いてなかったのか。彼女は最低でも三年は長野にいるんだぞ」

菊池は、恭平の言葉を無視するようにジョッキのビールを喉に流し込んだ。ジョッキを置いてわずかの間を置いて顔を向けてきた。

「もし彼女の転勤の話が、一年後に起きていたらどうする」

「結婚してからってことか？」

「そうだ。まさか離婚するとは言わないよな」

「当たり前だ」

「転勤で単身赴任なんて、サラリーマンにとっては、どこにでも転がってる話だし、女性だって同じことだ。それが結婚する前に来ただけだろ。以前、お前言ってたよな。お互いの仕事を理解して私生活も楽しむ知恵がある。その知恵はどこに行ったんだ」

菊池が諭《さと》すように言った。

菊池の言うことにも一理ある。結婚した後に、転勤があったからといって離婚はしない。つまりそれはどういうことだ。自分が何に悩んでいるのかわからなくなってきた。だが深刻な状況であるという気持ちは変わらない。

ジョッキに手を伸ばしてビールをひと口飲んだ。

「ユウさん、どう思います」

菊池がカウンターの中に声をかけた。

「何のお話かしら」

ユウさんが小さく首を傾《かし》げた。

菊池が経緯を簡単に説明した。技術屋らしく極めて要領よく簡潔な説明だった。内容に間違いはないが、簡潔過ぎて、恭平の困惑が伝わらないのではないかと心配になった。

「それは大変ですね」

ユウさんが困ったような顔を向けてきた。

そう、それが正しい反応ですよ。恭平は、ユウさんに向かって大きく頷いた。

ユウさんが、恭平を見つめたまま笑みを浮かべた。

「お幸せなんですよね」

ユウさんの言葉は優しく、恭平の心に浸《し》みこんでくるような温かさがあった。思わず頷きかけたが、慌てて首を振った。やはり菊池の説明が簡潔過ぎたのか。

「いや、そうじゃなくて……」

恭平の言葉をユウさんが笑顔で制して続けた。

「長い人生を、この人と一緒に過ごしたい。本気でそう思えるお相手がいるのですから、それだけで幸せですよ」

ユウさんは心底嬉しそうに言った。

そう言われてみれば、転勤の話は出たが、大きな目で見れば結婚を控えた幸せな状況であることに間違いない。ならば何に悩んでいるのだ。

「お待たせしました」

亜海ちゃんが、恭平と菊池の間に皿を置いた。黒豚肉の味噌漬け焼きだ。濃い緑色の四角い皿の上にスライスした玉ねぎを敷き、その上に焼いた豚肉を並べている。味噌漬けなので焼き色が濃く、所々にある味噌の焦《こ》げも旨そうだ。隅にわさびが添えられている。

「難しいことはさておき、まずは召し上がってくださいな」

ユウさんの言葉に頷いた。

わさびを少し載せて一切れ箸でつまんで口に入れた。

焼いた味噌の香ばしさが口の中に広がる。嚙むとしっかりと締まった肉に味噌が染みて絶妙の味だ。わさびの爽やかな辛味が肉の味を引き立ててくれる。

黙ってジョッキに手を伸ばした。味噌とわさびの香りと旨さがビールと一緒に喉を通る。

旨い。それしか言うことがない。

「一人四切れだぞ」

菊池が言って箸を伸ばした。

「子供みたいなこと言うな」

「放って置いたら全部食べちまう。お前はそういう顔しているよ」

菊池がからかうように言って、豚肉を口にした。

「お気に召していただけたようで」

カウンターの中でユウさんが微笑んだ。

「お待たせしました」

感想を言う前に、亜海ちゃんが新しい料理を置いてくれた。

「秋ナスの煮浸《にびた》しでございます」

亜海ちゃんが、ちょっと気取った口ぶりで言った。

白い器の中に油で揚げたナスと万願寺《まんがんじ》唐辛子が出汁《だし》に浸かっている。文字通りの茄子《なす》紺《こん》が鮮やかで上には大根おろしが載っている。

さっそくナスをいただく。ナスは油で揚げてから煮ると香ばしさとコクが加わると聞いたことがあるが、その通りだ。そして出汁の味が抜群に旨い。

「冷酒はありますか」

少し離れたところで様子をうかがっていた亜海ちゃんに声をかけた。

「もちろん、ございますよ」

「じゃあ一本お願いします」

燗酒《かんざけ》も頭をよぎったが、この料理にはきりっとした冷酒が合う。

「お前、肝心の話はいいのか」

菊池があきれたような声をかけてきた。

大切な話は、ナスの煮浸しで冷酒を飲んでからだ。恭平は、口には出さず黙って味噌漬けの豚肉でジョッキを飲み干した。

「お前も飲むだろ」

恭平は、二つ置かれた小さなグラスに冷酒を注いだ。

煮浸しが先か、冷酒が先か。しばし悩んでから、まず煮浸しに箸を伸ばした。そして冷酒。絶妙の味わいで喉を通っていく。

「そんなに美味しそうに召し上がっていただくと、嬉しくなります」

ユウさんが楽しそうに声をかけてきた。

「この味なら自然にこうなります」

恭平は、ユウさんの笑顔を見ながら答えて、グラスをカウンターに置いた。

「ええと、どこまで話したかな」

「お前がお幸せだってところまでだよ」

菊池が煮浸しの万願寺唐辛子を口に放り込みながら言った。

それを取られたか。唐辛子は一つだけだったが鮮やかな緑色で、箸が伸びてくるのを待っているようだった。

次の料理は二皿頼んだ方が良さそうだ。

「おい、お前の大事な話だったんじゃないのか」

菊池が二つのグラスに冷酒を注いだ。

「なんだか、旨い料理で酒飲んでたら、難しいことを考えるのが面倒になった。それに」

恭平は、ユウさんに目を向けた。

「ユウさんが言うように、俺と絵梨香は幸せなんだと思う」

恭平の言葉にユウさんが、ゆっくりと頷いた。

「じゃあ、後は幸せな二人で話し合ってくれ」

「転勤が結婚した後だったらという、お前の話も目から鱗《うろこ》だった」

明日、絵梨香に連絡して、わずかな時間でいいから話をしたいと伝えよう。結婚するという二人の気持ちが変わらなければ、何とでもなる。何を話していいのかわからなかったのが、嘘のような気分だ。

「よし、それならもう少し飲むか。亜海ちゃん、冷酒のお代わりと、冷酒に合うお薦め料理を」

菊池が亜海ちゃんに声をかけた。

深刻な話をするのにもってこいの店と菊池が言った意味がわかった。酒と料理、それにユウさんの笑顔で全てを忘れさせてくれる。いや正しくは、全てのことを前向きに考えることができるようにしてくれる。

菊池に感謝しながら冷酒をぐびりとやった。次の料理が楽しみだ。


翌日の夜、絵梨香が時間を作って会うことができた。引っ越しの準備を少しでもしておきたいと言うので、恭平は絵梨香のマンションに来ている。午後八時を少し過ぎたところだ。ダイニングキッチンと寝室の二部屋で、週末をここで二人で過ごすことも珍しくない。

「荷物は少なそうだな」

　恭平は、部屋の中を見回して言った。すでに引っ越しの準備が進んでいる。引っ越し業者のロゴの入った段ボール箱を目にすると、改めて転勤という言葉が実感できた。

「ごめんね、お茶も出せなくて。ビールでも買ってこようか」

　絵梨香が段ボール箱を脇に寄せながら言った。マンションの斜め向かいに二十四時間営業のコンビニがある。絵梨香の部屋に泊まるときは、いつもそこでビールやつまみを買っていた。

「いやいいよ。次にちゃんと話ができるのがいつになるかわからないんだ。アルコールは抜きにしよう」

　恭平が言うと、絵梨香は頷いて恭平の正面に腰を下ろした。

「絵梨香、予定通り結婚しよう」

　一番肝心なことから口にした。

　絵梨香が驚いたような顔をした。

「あれから、いろいろ考えたんだ」

「私も考えた。この前あなたが言ったことも含めて。でも考えれば考えるほどわからなくなった」

そこで言葉を切り、窓の外に視線を向けた。

恭平は、黙って絵梨香が口を開くのを待った。

「結婚の意味ってなんなのかな」

絵梨香が恭平に視線を戻して言った。

思いもしない問いかけだった。

「好きだから一緒にいたい。人生のパートナーとして一緒に歩いていきたい。それじゃだめなのか」

「それって、お互いを信頼できたら結婚しなくたってできるよね」

確かにできる。理屈の上では。

「法律的、社会的に認められるのはわかるけど、要は本人たちの気持ちの問題よね」

確かにそうだ。ちょっと危うい気がするが。

「長野に行ったら最低三年は帰って来られない。子供は東京に帰ってきてからよね」

確かにそうなる。

「今だって、お互いの部屋に泊まることがあるんだもの。私が東京に来たら恭平の部屋に泊めてもらうし、恭平が長野に来てくれたら、私の部屋に泊まればいい」

それはそうだ。

「だったら、今の状況で無理に結婚しなくてもいいんじゃないかしら」

ちょっと待て。

「絵梨香、それは今のまま付き合いを続けていけばいいってことか」

「結論を言えばそういうことかな」

「このあいだも、結婚しようねって言ったじゃないか」

「今どき結婚適齢期なんて言葉は死語だけど、現実には三十を過ぎて、本気で好きな人と付き合っていたら、結婚って形を整えたくなるわよ」

「形を整えるって、そんな風に考えていたのか」

「じゃあ恭平が考える結婚の意味ってなに」

「絵梨香とずっと一緒に――」

「結婚しなくてもいられるよね」

「結婚することで名実ともに人生のパートナーに――」

「結婚しなくても、気持ちを理解して支え合うパートナーにはなれるよね」

「子供もほしい。結婚せずに子供を持つのは――」

「子供は少なくとも三年先よ」

「精神的に安定して――」

「お互いを信頼できれば不安はないはず」

ことごとく言葉を遮られた。次の言葉は出てこない。恭平自身、結婚の意味など考えたことがなかった。好きな女性がいる。年齢的にもいい頃合いだ。一緒になりたい。それじゃだめなのか。

窓から流れ込んできた微かな風が妙に冷たく頬を撫でた。戸惑いが苛立ちに変わっていく。

絵梨香は黙ったままだ。

「俺と結婚したくないってことか」

「違うよ」

絵梨香が即座に首を振った。

「じゃあ結婚は長野勤務が終わってからがいいと思っているのか」

「三年は長いよね」

「だったら、どうしたいんだ」

言い方がきつくなった。苛立ちが膨らんでいく。

「それがわからないから、困っているんじゃない。それくらいのことわかってよ」

絵梨香が怒ったような声を上げた。

落ち着け、落ち着け。恭平は自分に言い聞かせた。

「恭平はどうしたいの」

絵梨香が詰め寄るように言った。

「明日にでも区役所に行って婚姻届けを出したい。そう思っている」

「春じゃなくて？」

絵梨香が驚いたような顔をした。

「まあ、実際にそうはいかないだろうが、少なくとも来年の春には予定通り籍を入れたい。今の俺たちに結婚について何の問題もない」

恭平はきっぱりと言い切った。

「どういうこと？」

「昨日、ある人に言われたんだ。あなたたちは幸せですねって。それでわかったんだ。お互い好きあって結婚を真剣に考える相手がいる。少しくらいの障害があったとしても、これは幸せな状況だよな」

菊池に聞いた、転勤が結婚した後だったらという話もした。

「結婚の意味なんて考え始めたのがいけなかったのかな」

絵梨香が急に疲れたような表情をして言った。

「でも一度、考えだしちゃったら、今は結婚しなくてもいいんじゃないか、そんな風に自分に問いかけるようになったの。実際には営業部長なんて務まるのか。失敗したらどうしよう。そんな不安もいっぱいある。もしそんな状況になったら、結婚しますなんて言い出せないんじゃないかって」

珍しく絵梨香が弱気な言葉を口にした。

「明日の夜、時間を取ってくれないか。厳しいのはわかってる。でもどうしても一緒に行きたい店があるんだ」

恭平が勢い込んで言うと、絵梨香はしばらく考え込んだ。

「明後日《あさって》から長野だから、六時には仕事を終わらせるつもり。遅くまでは付き合えないよ」

「わかってる。仕事が終わったら電話くれよ。待ち合わせの場所はその時に伝える。まだ、やることあるんだろ。俺は帰るよ」

恭平は立ち上がり、おやすみ、と声をかけて絵梨香の部屋を後にした。

空を見上げると、触れたら指が切れそうな細い月が出ている。

ユウさんの笑顔が頭に浮かんだ。もう一度、頼らせていただきます。恭平は秋の風を頬に感じながらつぶやいた。


水曜日に会社に行くと、すぐに課長に呼ばれた。

「きみがパワハラをしたという話がコンプラ担当室に上がっている」

いきなり切り出された。

「心当たりがないとは言いませんが、本人とちゃんと話をすれば、すぐに解決します」

「それはだめだ。パワハラを訴えている当人と個別に会うと、職場での地位を利用して黙らせようとしたと疑われる。コンプラ担当が事情を聴くことになるはずだ。それまでは余計なことをするな。パワハラを訴えている当人には、今日の昼休みに話を聴くそうだ」

課長はそこまで言って、大きく息をはいた。

「俺も、きみがパワハラをするとは思っていない。だがうちの会社は、取引相手のほとんどが教育関係だ。こうしたことにはやたらと気を配っている。何せ今は、ネットに書きたい放題書いて会社を辞めるなんてことも珍しくないからな」

恭平は、わかりました、と頭を下げて自席に戻った。

パソコンを立ち上げて、通常の業務についた。

笹原は、いつもと変わらない様子で仕事をしている。むしろ周りの連中の方が、少しピリピリしているように感じた。

午前中は、決算書類の確認であっと言う間に過ぎていった。

恭平は、昼の休憩時間に入ってもパソコンから目を離さずに仕事を続けた。すぐに電話当番の社員を残して、全員が席を離れた。外に食べに行くのが半分、共有スペースで弁当を広げるのが半分というところだ。

最近は、自分で弁当を作って持ってくる独身の男性社員が増えている。こういう連中は、結婚したらどうするのだろう。夫婦とも働いていれば、単純に妻が二人分作るとはならないのかもしれない。交代で二人分作るのか。もしかしたら、別々に自分の好きな弁当を作る、というのもあるのかもしれない。

結婚するとなると、決めなければいけないルールは思いのほか、たくさんあるのだろう。

恭平は席を立ち部屋を出ると、廊下の端の部屋のドアを開いた。開発部門の部屋だ。昼食に出ているのだろう。人影はまばらだ。それでも数人がパソコンの前に座っている。

「菊池は、食事に出たかな」

入り口に一番近い席でパソコンに向かっている若い社員に声をかけた。入社二年目で菊池が担当するグループに所属している。たしか名前は瀬島《せじま》といったはずだ。ジーンズをはいて、上はTシャツにジャケットを羽織っている。社内でジーンズ姿なのは、開発部門の社員だけだ。ラフな格好のようだが、それぞれお洒落には気を遣っているようで、むしろ好感が持てる。

「菊池さんは、朝から役員室です。夕方まで部屋に戻らないと連絡がありました。僕は菊池さんが戻るまでここにいますから、何か伝言があればお伝えしておきますが」

瀬島が、まだあどけなさが残る顔で言った。

「いや大丈夫だ」

「じゃあ高瀬さんが訪ねてこられたとだけお伝えしておきます」

「ありがとう」

礼を言って部屋を出た。役員室に一日中いるというのは、どういうことだろう。今日、絵梨香と灯火亭に行くことを伝えようと思ったが、急ぐことでもない。そのまま外に食事に出た。

休憩時間が終わる少し前に部屋に戻った。笹原の席の周りにみんなが集まり、何か話をしてる。恭平が部屋に入ってきたのを知ると、みんなそれぞれの席に戻った。

恭平は黙って自分の席に着いた。同時に笹原が立ち上がり近づいてきた。

「係長、ちょっといいですか」

笹原が深刻そうな表情で言った。

「あっちで聞こうか」

恭平は後ろにあるソファーを指さした。

「すぐ終わりますから、ここで結構です」

笹原が少し腰をかがめて、顔を近づけてきた。

「さっき、コンプラ担当に会議室に来るように言われたんですよ。そしたら、きみが係長からパワハラを受けていると聞いている。実態を教えてほしい。決してきみに不利益になることはないので全て話してくれって」

笹原があの時と同じ、秘密を共有する小学生のような顔で言った。

「その話を俺にしていいのか」

「いいも悪いもありませんよ。僕は何のことだか、わからなくて、向こうの説明を聞いてようやく理解したんですから。金曜日に係長に怒られたことです。覚えてますか」

覚えてるに決まっているだろう。お前は忘れてたのか。喉まで出かかった言葉を呑み込んだ。

「コンプラ担当の話を聞く限り、あの時、たまたまこの部屋に来ていた他の部署の人間が、やり取りを聞いていたらしいんです。それでその人が自分の部署に戻って周りに話をした。それに尾ひれがついて、誰かがコンプラ担当者に報告したということのようです」

笹原が、最後は顔をしかめて言った。

笹原本人からの訴えではないということのようだ。経緯はわかった。で、なんと答えたのか。そこが聞きたいが余計なことは言わず、笹原の言葉を待った。

「係長にあんな風に怒られたのはショックでした。でも考えてみれば、それも当たり前のことでした。ですからコンプラ担当には、高瀬係長は仕事には厳しいですけど基本的には部下のことを思ってくれている方です。いつもお世話になっているし、丁寧に指導もしていただいています。係長に限ってパワハラなんてことはあり得ませんと、はっきり言っておきました」

笹原が嬉しそうな顔で続けた。

「そうしたら、決してきみの不利益にはならない。私を、いやこの会社を信じてほしいって繰り返すんですよ。会社を信じろと言う前に社員を信じろって」

「言ったのか」

「さすがにそこまでは言いません」

それはそうだろう。少しほっとした。

「あの人たちって、パワハラやセクハラを見つけたら、点数が上がるんですかね」

どうしても点数からは離れられないようだ。

「くだらないことを言うな。そこまで突っ込んで訊かないと事実関係がわからない。それほど難しい問題だということだ」

これを今の自分が言うのが適当なのか、恭平は少し頭を捻《ひね》った。

「高瀬係長、これからもよろしくお願いします」

笹原が頭を下げて席に戻っていった。

今回の件には、絵梨香とのことでイライラしていたという背景があった。プライベートの心の乱れを仕事に持ち込んでしまったのは、自分の至らなさだ。それでも結果的に笹原が良い方向に理解してくれたのはありがたい。

懸案の一つは解決した。あとは今夜の絵梨香との話し合いだ。ユウさんの笑顔を思い浮かべると、不思議に何の心配もしなくていいような気になった。

今は仕事に集中だ。恭平は自分に言い聞かせると、午前中に笹原が作った資料に目をやった。

「感じのいいお店ね」

カウンターに座った絵梨香が店の中を見回して言った。

午後六時過ぎに絵梨香から連絡があり、駅前で待ち合わせをして灯火亭にやってきた。

小上がりにサラリーマン風の男性の四人組と、これも仕事帰りらしい女性三人組が座ってビールや焼酎を楽しんでいる。カウンターの手前には、先日もいた年配の男性と髪を短く刈り込んだ職人風の男性が並んで座っている。

「いらっしゃいませ」

カウンターの中からユウさんが笑顔を向けてきた。今日は濃い茶色の作務衣を着ている。

店に来るまでに、ユウさんのことは話してあったので、絵梨香に戸惑った様子はない。

「僕の婚約者、牧野《まきの》絵梨香です」

ユウさんに絵梨香を紹介した。

「いらっしゃいませ。お幸せな二人に来ていただけて嬉しいわ。今日は、楽しんでいってくださいね」

ユウさんに声をかけられ、絵梨香が小さく頭を下げた。

おしぼりを持ってきてくれた亜海ちゃんに生ビールを頼んだ。

「なんだか不思議な感じの人ね。でもなぜ私を連れてきたかったの？」

絵梨香が顔を寄せて小声で言った。目はカウンターの中で料理を作るユウさんを見ている。

「ここでユウさんの料理を食べて一杯やればわかるよ」

恭平が言うと、絵梨香は小さく首を捻ったがそれ以上は何も訊いてこなかった。恭平自身も具体的に何かを期待しているわけではない。ただ自分がここで受けた感じを、絵梨香にも感じてほしい。そうすれば何かが変わるかもしれない。そんな曖昧《あいまい》な理由だった。

「お待たせしました」

後ろから亜海ちゃんが声をかけてきた。

「今日もお仕事お疲れさまでした。お通しは、からみ鶏でございます」

亜海ちゃんが明るく言って、生ビールとお通しの皿を置いてくれた。

ジョッキを軽く合わせて、ビールを口にした。

絵梨香がお通しの皿に箸を伸ばした。

湯引きしたササミと薄口醤油をかけた大根おろしを和えてある。上には青ネギ。白地に青い縁取りの皿が爽やかな感じを演出している。

「これいける」

絵梨香が笑顔で声を上げた。久しぶりにみる絵梨香の無邪気な笑顔だ。

恭平も箸を伸ばして一切れ口に入れた。大根おろしは、からみ大根というやつだ。ピリッとした辛さが、さっぱりしたササミと絶妙のハーモニーを奏でている。味付けは大根おろしに混ぜた醤油だけのようだ。

「お通しにしては、手が込んでるわね」

絵梨香が感心したように言った。

「他には何がお薦めなのかな」

絵梨香が店の壁に貼ってあるお品書きに目をやった。

「俺も二回目だからな。前回来た時は、お薦め料理を、という頼み方をしたんだ」

「じゃあ今日もそれでいいんじゃない」

絵梨香は灯火亭を楽しみ始めているようだ。

亜海ちゃんを呼んで、お薦め料理を訊いた。

「今の季節なら、焼き里芋の染めおろし添えはいかがですか」

「聞いたことないな、どんなお料理ですか」

絵梨香が楽しそうな声で言った。

「蒸した里芋の皮を剝いて潰して小判型にします。それに片栗粉をまぶしてフライパンで焼く。たっぷりの染めおろしを載せてお出しします」

「染めおろし？」

「言い方はお洒落ですけど、大根おろしに醬油で色付けしただけです。紫おろし、とも言います。お通しにも大根おろしを使っていますけど、こちらはあまり辛味のない大根なので全然雰囲気が違いますよ」

「美味しそうね。それいただきます」

絵梨香が亜海ちゃんに言ってから、恭平に顔を向けて、いいよね、と確認した。

もちろん黙って頷く。

「日本酒の方が合うかな。お酒にしない？」

絵梨香の提案に今度も笑顔で頷く。

「じゃあ、日本酒お燗してください」

「お燗の加減はどういたしましょう」

「えー、そんなこと考えたことなかったわ。いつもお店にお任せだもの。お燗の具合によって、味が変わるのかしら」

「熱くなるほど切れが良くなって香りもシャープになると言われています。でもこれは本当に、お客さまお一人お一人の好みの問題です。ぬる燗から上燗《じょうかん》くらいだと、香りも良く出て、美味しくお飲みいただけますよ」

「じゃあ上燗で、お願いします」

絵梨香は、すっかり灯火亭の雰囲気に溶け込んでいる。ユウさんだけでなく、亜海ちゃんもなかなかのものだ。

しばらくすると引き戸が開く音がして、亜海ちゃんが明るい声で新しい客を迎えた。

「なんだ、お前たち来てたのか」

入ってきたのは菊池だった。そのまま恭介の右隣に腰を下ろした。

「今日、二人で来ることをお前に言おうと思ったんだが、ずっと役員室だって聞いたからな。何かあったのか」

恭介の問いに、菊池は笑顔を向けただけで答えず、亜海ちゃんに生ビールと鶏の唐揚げを頼んだ。

「今日は、一人で祝杯をあげたくて来たんだ」

菊池がビールをひと口飲んで言った。

「うちのチームで開発した新しいソフトが、新製品として採用された。役員説明の結果、少しでも早い方がいいってことになって、そのまま販売戦略会議に移行だ。今週中には営業や総務も含めてプロジェクトチームが発足する」

「すごいじゃないか。それじゃあチームのみんなと祝杯じゃないのか」

恭平は、菊池の肩を叩いた。

菊池が苦笑いを返してきた。

「うちのチームは開発部で一番若い。そういう文化はないんだ。それでもみんな喜んで、職場でコーヒーで乾杯してきた」

「なるほど。それで灯火亭で一人で祝杯か。とにかく良かった」

「おめでとうございます」

恭平の肩越しに絵梨香が声をかけた。

「ありがとう。お二人がここで飲んでいるってことは、諸々《もろもろ》の問題は解決したってことかな」

菊池の言葉に思わず絵梨香と顔を合わせた。絵梨香がバツの悪そうな顔をした。

「お待たせしました。お酒の上燗と焼き里芋の染めおろし添えです」

タイミングよく亜海ちゃんが声をかけてきた。

「まずは一杯」

恭平は二つ並んだぐい呑みに酒を注いだ。

くいっと酒を喉に流し込む。いい燗具合だ。絵梨香もぐい呑みを傾けて満足そうだ。

二人同時に里芋料理に箸を伸ばした。

蒸した里芋をすりつぶしているからか、味と香りがよりはっきりと感じられる。染めおろしとの相性もいい。

日本酒にして正解だった。絵梨香と顔を見合わせて頷き合った。

「楽しそうだな。問題解決ってことでいいんだな」

菊池の言葉に恭平は箸を置いた。

「実はな……」

一呼吸おいてカウンターの中に顔を向けた。

「ユウさんも聞いていただけますか」

恭平が声をかけると、ユウさんは穏やかな笑顔で頷いた。

恭平は、昨日の夜の絵梨香との会話の一部始終を話した。

二人とも真剣な表情で最後まで聞いてくれた。

「なるほど、いきなり離れ離れで新婚生活を送るとなったら、結婚する意味を考えたくなるのもわからんではないな」

菊池が前を見たまま言って、ジョッキを傾けた。

「ユウさん、どう思いますか」

恭平が声をかけると、ユウさんは穏やかな笑みを絵梨香に向けた。

「絵梨香さんは、離れ離れで新婚生活を送るのが不自然で、それが不安になっているのでしょう。だから一生懸命、結婚しなくてもいい理由を考えて自分を納得させようとしている。私にはそう見えるわ」

絵梨香は、ユウさんをじっと見つめている。

「結婚なんて、そんなに難しく考えなくていいんじゃないかしら」

「じゃあ、どう考えればいいんですか」

絵梨香は言って、口をへの字にした。

ユウさんが、すっと顔を寄せて笑みを深くした。

「この男は私のもの。手を出すんじゃないわよって世間に宣言する。そんなところでどうかしら」

ユウさんが言った。

絵梨香は、への字だった口をぽかんと開けてユウさんを見ている。

「そいつはいい」

菊池が声を上げて笑った。

しばらく間を置いて絵梨香が噴き出した。

「結婚ってそんなもんなんですか」

「どんな時も、できない理由じゃなくて、どうすればできるかを考える。それさえ忘れなければ、難しく考えることはないいんじゃないかしら」

ユウさんの言葉に絵梨香が頷き、恭平に顔を向けてきた。

「なんだか、気が楽になっちゃった」

「一緒に暮らせないけど、俺は毎週、土日を使って長野に会いに行くよ」

「本当に？　そうなったら嬉しいな」

絵梨香の喜ぶ顔を見て、愛《いと》おしさが胸の中で膨らんでくる。

「ちょっとごめん」

絵梨香のバッグの中でスマホが震えている。

「部長からだわ。ごめんなさい」

絵梨香がスマホを持って店の外に出て行った。

「馬鹿だな、お前は」

菊池が心底あきれたような声を出した。

「この前、言っただろう。結婚は最初が肝心だって。毎週長野に行くなんて馬鹿な約束するんじゃないよ。お前だって休みはゆっくり家で寝ていたい時もあるだろうし、一人で遊びに行きたくなることだってあるはずだ。お前がどんなに頑張っても、彼女はお前が長野に来るのが当たり前って思っちまうぞ」

菊池はもう一度、馬鹿だなぁ、と言って生ビールのお代わりを頼んだ。

話の流れと勢いで言ってしまったが、毎週というのは無理があったか。恭平は、少し後悔しながら日本酒を口にした。

「ごめんなさい。ちょっと確認事項があっただけ。もう大丈夫」

絵梨香が戻ってきて、腰を下ろした。

「じゃあ、予定通り来年の春に結婚ということでいいんだな」

恭平が言うと、絵梨香は、はっきりと頷いた。

「離れていても、どうすればうまくいくか、もう一度、二人でちゃんと話をしましょう」

絵梨香が言葉を切って、悪戯《いたずら》っぽい笑みを向けてきた。

「毎週長野に来るなんて、いきなりハードル上げない方がいいんじゃないかな」

絵梨香の方が一枚上手のようだった。

「ユウさん、ありがとう。すっきりしました」

絵梨香が目の前のユウさんに頭を下げた。

「すっきりしたら、お腹が空いてきちゃった。何かお薦めのお料理ありますか」

絵梨香が声をかけると、ユウさんはチラッと後ろの冷蔵庫の方に目をやってからにっこり笑った。

「サンマのささやきはいかがかしら。今日は、新鮮なサンマが入っていますから」

「美味しそう、それお願いします」

恭平は二人の会話についていけなかった。

「サンマのささやきってなんだ。まさか……」

いくら新鮮でも、サンマが耳元で何かをささやくわけではないだろう。

「馬鹿ねぇ」

絵梨香があきれたような声を上げて、自分のぐい呑みに酒を注いだ。

菊池もにやにや笑っているだけだ。

恭平は、振り向いて亜海ちゃんに助けを求めた。

亜海ちゃんが近づいてきた。

「笹の葉を使ったお料理です。三枚におろしたサンマの身の部分に味噌を挟んで、笹で包んで蒸し焼きにするんです。笹焼きは、食材に笹の香りを移して風味を楽しむお料理です。美味しいですよ」

なるほど、納得だ。秋の味には、やはり日本酒が合いそうだ。

「お二人さん、おめでとう」

絵梨香の隣の短髪の男性が声をかけてきた。その隣の初老の男性も笑顔を向けてきている。常連客のようだ。

「ありがとうございます」

二人同時に頭を下げた。結婚のお祝いをしてもらうのが、こんなに嬉しく誇らしいとは知らなかった。

絵梨香が嬉しそうな様子で隣の席の常連らしき年配の男性と話を始めた。恭平よりも絵梨香の方が灯火亭になじんでいるようだ。

恭平はカウンターの中で料理を作るユウさんに目をやった。

面白い人がいるものだ。料理とお酒、それに醸し出す雰囲気で心をリラックスさせてくれる。そこにあの笑顔でひと言。自然に考えが前向きになっていく。

難しく考えることはない。経験と知恵のある三十代どうしの結婚だ。お互いの心に素直になれば、何とでもなる。

カウンターの中から、微かに漂ってくる笹の香りが恭平の心をくすぐった。

黄昏《たそがれ》の味

台風が近づいている。十月も半ばになって台風が接近するのは珍しい。夕方から風が強くなり、九時を回った頃から雨も降りだした。

「今日は、商売にならないか」

葛城《かつらぎ》雅也《まさや》は、カウンターの中でつぶやくと、オーディオセットのスイッチを入れた。客のいない店の中に静かに歌声が流れる。ヘレン・メリル。アメリカを代表する、女性ジャズボーカリストだ。情感のにじむハスキーな歌声は、ニューヨークのため息と呼ばれる。

カウンターの上のオイルランプが、歌声に合わせるように緩やかに揺れている。

雅也は、かつてジャズバンドのピアノ奏者だった。ジャズとオートバイが生き甲斐だった。ライブが終わると一人でオートバイで高速を飛ばした。そして山の中でキャンプをする。そんな時に見るオイルランプの炎が好きだった。仲間にその話をすると、年寄りくさいと笑われた。

十七年前、五十歳でこの店を開いた時、店名は迷わず『Lamp Light』にした。六つのスツールが並ぶカウンターと四人掛けのテーブル席が一つの小さなバーだ。店を持つ目途《めど》が立った時に何軒か候補になる店を見て回った。この店は一歩入ってすぐに気に入った。特にカウンターが良かった。くすんだ褐色にきれいな木目が入った一枚板で作られている。タモと呼ばれる木材を使っていると聞かされた。このカウンターにオイルランプを置く。そう決めた。

家賃は想定より少し高かったが、居抜きという条件もあったので、ここに決めた。飲み屋街と駅をつなぐ道沿いという立地条件もあって、二軒目でもう一杯という客が多い。定期的に顔を出してくれる常連もいる。店の家賃を払って、一人暮らしで食べていくだけの売り上げはあった。

店の奥の狭いスペースには小さな電子ピアノとマイクスタンドが置いてある。最後に使ってからもう一年ほどたつ。

CDが二曲目に入るのと同時にドアが開いた。

「降られちゃったー」

明るい声をあげて若い女性客が飛び込んできた。週に一度は顔を出す吉永有紗《よしながありさ》だった。

社会人二年目の若さだが、なかなかの酒豪《しゅごう》だ。

「あら、今日は寂しいですね」

有紗が客のいない店の中を見回して言った。

「いらっしゃい。来てもらって早々にこんなこと言うのもなんだけど、台風だよ。真っ直ぐ帰った方がいいんじゃないか」

カウンターのスツールに腰を下ろした有紗におしぼりを渡しながら言った。

「この店が帰り道にあるのがいけないんですよ。一人の部屋に帰ること考えると、この明かりが恋しくなっちゃうんですよね」

有紗がカウンターの端に置いてあるオイルランプに目をやった。

気持ちはよくわかる。ランプの灯りとは、そういうものだ。

「お飲み物は」

「バーボンのロック。今夜はエヴァン・ウィリアムスでお願いします。それとローストビーフはありますか」

「悪いな、今日はないんだ」

「そうですか。残念だな」

「お腹すいてるのかい」

「いいえ。もしあったら少し食べたいなと思ったので」

雅也は、もう一度、悪かったね、と言ってロックグラスを取り出した。

グラスに氷を入れてバーボンを注ぐ。エヴァン・ウィリアムスの黒ラベル。世界で初めて、トウモロコシでウイスキーを作った人物の名前を冠したケンタッキーバーボンだ。バニラやミントの香りを感じさせるまろやかな味わいで人気がある。

マドラーで軽く混ぜて氷になじませ、小さな皿に載せたナッツと一緒に有紗の前に置いた。

「いただきます」

有紗が香りを確かめるように、グラスを軽く回してから口をつけた。ナッツを一つ口に運び、何かを考えるような表情になった。

客が話しかけてこない限り、こちらから声をかけることはない。

スピーカーから小さく流れる歌声に耳を傾けた。

バンドをやっている時は生活に張りがあった。

四十代に入った頃から仕事が減っていった。ライブを開いても客の入りはいまいちだった。

一番若いメンバーが四十歳になった時にバンドは解散した。雅也は四十二歳だった。音楽で食べていくことに限界を感じていたので雅也も引退を決めた。

知り合いのバーで働き始めた。小さい店だったが、本格的な修業をした六十代のマスターが一人で切り盛りしていた。最初はアルバイト感覚だったが、仕事を続けるうちにバーテンダーの仕事の奥深さに魅力を感じるようになった。

本格的に勉強したいと頼み込んだ。

四十を過ぎて始めることじゃない。マスターはにべもなかった。それでも何度も頼み込み、マスターが根負けしたという感じで修業が始まった。

覚えなければいけないことは、驚くほど多かった。

世界中の酒の種類や名前と特徴を頭に叩き込むことから始まった。世の中にこれほど多くの酒があるのかと驚かされた。

そして注ぎ方、マドラーやバースプーンの使い方。それぞれの酒に合うつまみの作り方。最も苦労したのがカクテルだった。ジンベースのカクテルだけで百種類近くある。他にもウオッカベース、ラムベースなどカクテルの種類は無数と言っていいほどだ。一つ一つレシピを覚えていった。そしてカクテルを作るシェーカーの使い方を身に付けるのに一番時間がかかった。

若い頃のようには頭も身体もついていかなかった。マスターの言葉を実感した。それでもつらいとは思わなかった。音楽への未練を忘れたい。そんな気持ちもあったのかもしれない。

五年たった時に、もう教えることはないと言われた。そして五十歳でこの店を持った。最初の頃は一日一日が必死だった。それでも二年目に入ると常連客も増え、少し楽になった。十七年かけて自分の思う通りの店にすることができたと思っていた。

それなのに今はなんのために店を開いているのかわからなくなっている。

「マスター大丈夫ですか」

有紗が声をかけてきた。

カウンターに顔を向けると、有紗が少し首を傾《かし》げて雅也を見ている。

「最近、元気ないし、身体の具合でも悪いんじゃないですか」

「そんなことはないよ」

「それならいいですけど」

有紗が真面目な顔でじっと雅也に目を向けている。

「今夜は早く帰った方がいいんじゃないか」

雅也が言うと、有紗は腕時計に目をやった。

「そうします」

有紗が素直に頷き立ち上がった。

カウンターを出てドアの外まで見送りに出た。

雨も風もかなり強くなっている。

「大丈夫かい」

「歩いて十分もかかりませんから」

有紗が明るい声で言った。

「そう言えば、サリーさんから連絡ありますか。元気なのかな」

突然出てきた名前に少しうろたえた。

「気が向いたら、また顔を出すだろう」

「そうですよね。彼女は自由人だから。おやすみなさい」

有紗は笑顔を見せると、両手でしっかり傘を持って雨の中を歩き出した。

離れていく背中をしばらく見つめていた。ひさしの下だが、立っているだけで雨が襲いかかってくる。通りにも人の姿はない。

店に戻りカウンターの中に立った。

「サリーか」

声に出してつぶやいた。

本名は光村《みつむら》沙織《さおり》。雅也たちのバンドのボーカルだった。

バンドを解散してからは、一人で活動している。雅也の二つ下なので、今年六十五歳になる。歳を重ねるにつれて歌に深みが出ている。地方も含めてけっこう仕事はあるようだった。東京にいる時は、週に二日は早い時間から店に来ていた。

カウンターのランプに一番近い席が、彼女の指定席だ。

気が向くと隅のスペースに立って歌うこともあった。そんな時は雅也が電子ピアノで伴奏をする。

店を開く時、サリーはピアノとマイクスタンドは絶対に置けと言った。バンドを解散してから演奏とは縁を切っていたので断ったが、サリーはどうしてもと言ってきかなかった。歌うのはあたし、伴奏は雅さん。その言葉に心が揺れた。サリーの歌の伴奏ができる。その魅力には抗しがたかった。

バンドを解散した時、サリーに二人で組んで仕事を続けようと言われた。だが年齢を重ねるにつれて魅力が増してきたサリーの足を引っ張ることになる。そう思って断った。この店では、元プロとしてではなく、ピアノが弾けるマスター、そんな風にしていた。サリー以外の人間がマイクの前に立つことはない。

サリーが沖縄に行くとだけ言い残して姿を見せなくなったのは一年ほど前だった。軽い感じで言ったので、沖縄には仕事で行くと思っていた。実際には向こうに移り住んで男と暮らしているということだった。年に数回、店に顔を出す昔のバンド仲間が教えてくれた。

相手の男は、雅也も知っているジャズピアニストだった。バンドを解散してから、サリーの伴奏はこのピアニストが専属のようになっていた。年齢は雅也より五、六歳は上のはずだ。

年に数回開かれる、サリーを中心にした小さなコンサートで男のピアノ伴奏を聴いたことがある。時に重厚に、時に軽快に、年齢を重ねて渋味の増したサリーの声を生かす演奏だった。とてもかなわない。この世界に残らなくて正解だった。はっきりと思い知らされた。

音楽でのつながりが、いつしか男と女の関係になる。よくあることだ。サリーは年齢に関係なく恋愛の似合う女だ。そう自分を納得させようとした。それでも行き先を告げただけで、なんの相談もなく姿を消したことがショックだった。サリーにとって自分は、ピアニストとしても男としても、その程度の存在だったのかもしれない。

若いころからずっと近くにいた。バーで修業をしている時も、ちょくちょく店に顔を出していた。店を始めたおかげで今も近くにいられた。それが当たり前だと思っていた。いなくなって初めてサリーの存在の大きさに気づいた。サリーがいない生活がこんなに殺風景になるとは思いもしなかった。

六十も半ばを過ぎた男がこんな感情に襲われるのか。自分の気持ちを持て余し続けている。

沖縄でどんな暮らしをしているのだろう。好きな男と一緒になったとしても、おとなしく家庭に入っているとは思えない。古くからあるクラブで歌っているのだろうか。

サリーが歌う姿が頭に浮かび心が揺れた。

客のいない店の中にヘレン・メリルの歌声が流れている。サリーが一番好きな歌手だ。

店のライトを一つ落とした。ランプの明りが一回り大きくなってカウンターの上に浮かび上がった。

ランプを見つめながら静かなジャズソングを聴き、客ではなく時間が過ぎるのを待った。

十一時には店を閉めよう。そう思った時、ドアが開いた。

「いらっしゃい」

声をかけてドアの方に目をやった。

入ってきた客は、その場に立っている。

明りを落としたせいで、一瞬、誰だかわからなかった。

長かった髪を短くしているが間違いない。サリーだ。噂をすれば、というやつか。

「久しぶりだな。どうした、突っ立ってないで入ってこいよ」

思わず声が弾んだ。

サリーはその場から動かない。

雅也はカウンターを出てサリーに近づいた。

サリーが微笑んだ。

声がかけられなかった。

薄暗い店の中でもわかるほどやつれている。栗色だった長い髪は、黒のショートカットになっている。傘は差していたのだろうが、肩の辺りまで雨に濡れている。開いたままのドアの外から激しい雨と風の音が店の中に流れ込んでくる。

「どうしたんだ」

雅也は、ドアを閉めると、サリーの肩を抱いてカウンターまで連れて行き、スツールに座らせた。奥からタオルを持ってきて渡した。

「すぐに温かいコーヒーを淹《い》れてやる」

雅也が声をかけると、サリーは首を振った。

「フォアローゼス、ロックで」

サリーがいつも飲んでいるバーボンだ。

サリーは微笑みを浮かべたが、決して再会を喜んでいる色ではない。微笑んでいないと崩れ落ちてしまう。そんな微笑だ。

化粧はほとんどしていない。わずか一年でずいぶん老《ふ》けたように見える。こんなサリーを見るのは初めてだった。

飲んで大丈夫なのか。一瞬そう思ったが、グラスを持たずに話ができる雰囲気ではなかった。

カウンターの中に戻り、フォアローゼスのロックを作りサリーの前に置いた。

「飲まないの？」

サリーがグラスを持って言った。

「まだ営業中なんだ」

「そうだったわね」

店を開いている間はアルコールは口にしない。開店した時から決めていた。

サリーがグラスに口をつけずにカウンターに置いた。

雅也はカウンターを離れ外に出た。

すぐに店の中に戻り、カウンターに入ってロックグラスに氷を入れてフォアローゼスを注いだ。

「どうしたの」

サリーが雅也の手元のグラスを見て言った。

「看板の明りは落とした。今日はもう閉店だ。付き合うよ」

「まだこの時間じゃ……」

サリーはそこで言葉を切り下を向いた。しばらくして顔を上げグラスを持った。

「ありがとう。相変わらず優しいのね」

「朝までは付き合えないぞ。もうそんな歳じゃない」

「どうせ付き合ってくれるなら」

サリーが自分の右隣のスツールを叩いた。

雅也は、ボトルとアイスペールをカウンターに置き、サリーの隣に座った。

グラスを軽く合わせた。

フォアローゼスの果実を思わせる甘い香りが鼻をくすぐる。すっきりとした滑《なめ》らかな味わいのバーボンだ。

「死んじゃったの」

サリーが前を見たままぽつりと言った。

沖縄で一緒に暮らしていたピアニストのことだろうか。

「もう長くないのはわかってた。最後は生まれた土地で死にたいって言うから、ついて行っちゃったの」

サリーが静かに話し出した。

男は二年前、七十歳の時に肝臓癌《がん》で手の施《ほどこ》しようがないと宣告された。それから一緒に暮らし始め、身の回りの世話をしていた。一年前、彼のたっての願いで、故郷の沖縄に一緒に行った。

海の近くに小さな家を借り穏やかな暮らしが始まった。しかしその暮らしは半年しか続かなかった。男の症状が急に悪化した。そして病院に運ばれて三日目に息を引き取った。サリーはそう言った。

「数少ない親戚と友人がお葬式の段取りをしてくれた。私は黙って見ているだけだった。身体中から力が抜けちゃってね」

サリーがフォアローゼスをひと口飲んだ。

彼が亡くなって半年して沖縄を離れた。家具も遺品も全て始末し、東京に戻ってきたのは三日前だと言った。

「男と女っていう付き合いじゃなかった。戦友が野戦病院で死にかけてる。放ってはおけない。そんな感じだったのかな」

サリーが寂しい笑顔を向けてきた。

「サリーに看取《みと》られて、故郷で穏やかに最期《さいご》を迎えた。納得できる人生の幕切れだったんじゃないか」

そんなことしか言えなかった。沖縄に行く前の一年ほどは、その男と一緒に暮らしていたということだ。全く知らなかった。

「黙っていてごめんね」

「噂は聞いたよ」

「リュウちゃんでしょ。彼に話しておけば、雅さんの耳に入ると思った」

リュウはこのことを教えてくれた昔のバンド仲間だ。

「相談してくれていれば、少しは力になれたんじゃないかな」

実際に相談されたらどうしただろう。素直に彼女とその男のことを考えられただろうか。少なくとも表面はそうしていたはずだ。

サリーがゆっくり顔を上げた。

「雅さんだから……」

言葉を切り小さく首を傾げた。

「言えなかった」

見つめ合ったまま、どちらも口を開かなかった。

「歌ってもいいかな」

沈黙を微かな笑顔で振り払い、サリーが店の奥に目を向けた。

「しばらく弾いていないからな。指が動くかな」

「身体が覚えてるわよ。あなたの一番得意なあの曲よ」

サリーが立ち上がり、マイクスタンドの前に立った。

サリーの歌の伴奏ができる。胸がときめいた。オーディオのスイッチを切ってピアノの前に座った。

曲目は訊かずに演奏を始めた。イントロをゆっくりと奏《かな》でる。

サリーが歌いだす。かすれていながら伸びのある独特な声が店の中に静かに流れる。

『Left alone』

ヘレン・メリルと並んでサリーが愛したビリー・ホリデーの遺作だ。現役時代、何十回いや何百回弾いただろう。

心を満たしてくれる愛はどこにあるのだろう。取り残される、一人孤独の中に。そんな寂しい曲だ。

サリーの歌声が心にゆっくり沁み込んでくる。今までとは全く違う。サリーの魂が心を揺さぶる。こちらも魂を込めなければ歌声に押しつぶされる。サリーの声を心で受け止めながら、何も考えず指を動かした。目は鍵盤を追っているのに、視界の端にカウンターの上のランプの炎が、はっきり見えた。サリーの歌に合わせるように揺れている。最後のフレーズにかかった。雅也は指を止めた。サリーの歌声だけが静かに店の中に流れる。

曲が終わってもしばらく、二人とも口を開かなかった。

「ありがとう」

大きく息をはいてサリーが言った。

「いい歌を聴かせてもらった」

正直な感想だった。だがそれは大切な人をなくしたサリーの悲しみの大きさを物語っている。

カウンターに戻り、グラスの氷を替えてフォアローゼスを注いだ。

「これからどうするんだ」

「まだ何も決めていないわ」

サリーが小さく首を振った。

「しばらくは人前で歌うつもりはないから、またここに通わせてもらうわ」

東京に戻ってからは、知り合いの女性の家で世話になっているということだった。

「歓迎するよ」

サリーが帰ってきた。そう思い頬が緩《ゆる》んだ。慌ててその思いを振り払った。それはサリーの大切な人の不幸を喜んでいることに他ならなかった。

雅也はグラスのフォアローゼスを一気に喉に放り込んだ。

サリーは黙ってグラスに口をつけた。


翌日、サリーはまだ店を開ける前の午後七時過ぎに顔を出した。ちゃんと化粧をしているが表情には力がなかった。いつものようにカウンターのランプの前に座った。

雅也は黙ってフォアローゼスのロックを作って出した。

サリーは小さな声で、ありがとう、と言ってグラスに口をつけた。そのまま何もしゃべらず、時折思い出したようにグラスを口に運んだ。

今のサリーにかける言葉を持っていない。黙ってカウンターの中にいるしかなかった。

午後八時を回った頃、ドアが開いた。有紗だ。

「わー、サリーさん、お久しぶりです」

店に入ってきた有紗が、真っ直ぐカウンターのサリーの元に歩み寄った。

「有紗ちゃん、お久しぶり」

サリーが笑顔を向けた。以前と変わらない笑顔だ。

有紗がサリーの隣に腰を下ろした。

「昨日、噂していたんですよ。ねえマスター」

有紗が嬉しそうな顔を向けてきた。

「そうだったね」

雅也が言うと、有紗が少し身体を乗り出してきた。

「マスター、良かったですね」

「何がだい」

「だって、サリーさんが来なくなってから、マスター寂しそうだったもの」

「冗談じゃない」

有紗の言葉に少しうろたえたが、顔には出さずに済んだ。

「ロック一杯で、三時間も四時間も特等席を占領する客だ。腐れ縁だから勘弁してやってるだけさ」

「そうかなぁ」

有紗が嬉しそうな顔で雅也とサリーを交互に見た。

「どこに行っていたんですか」

有紗がサリーに訊ねた。

「沖縄よ」

「お仕事ですか」

「そう、クラブで歌ってたの。昔からの馴染《なじ》みで、雰囲気のいい店が何軒かあってね」

「沖縄か、いいですねぇ」

有紗が遠くを見るような目をして言った。

沖縄で何があったか、サリーが口にするとは思えない。何も知らない有紗は、素直に再会を喜んでいるだけで悪気などない。

「はたで見るほど楽しい仕事じゃないわよ。いつまでもできるわけじゃないし」

サリーが静かな口調で言った。

有紗が笑顔を引っ込めてサリーの横顔を見た。すぐに雅也に不安そうな目を向けてきた。何かを感じたようだ。

「有紗さん、何にする」

雅也は、雰囲気を変えるように明るい声をかけた。

「サリーさんとの再会の夜だから、私もフォアローゼス、ロックで」

有紗も明るい声で答えた。そしてちらりとサリーの横顔に目を向けた。

サリーは黙ったまま前を向いてグラスを持っている。

「マスター、今日はローストビーフありますか」

有紗がグラスに口をつけてから訊いてきた。

「今日も作っていないんだ」

「やっぱり」

有紗がグラスを置いて拗《す》ねたような顔を向けてきた。

「雅さん、どういうこと」

サリーが驚いたような顔を向けてきた。

「ここのローストビーフ、人気なのに、もうずっとないんですよ」

有紗が、そうですよね、と言って顔を向けてきた。

「このところ疲れがひどくてな。店の後始末と掃除をすると、くたくたで料理に手をかける元気がないんだよ」

「まだ六十七でしょ。黄昏《たそがれ》ちゃう歳じゃないわよ」

サリーの目がきつくなった。

店のローストビーフはサリーにとっても特別なものだった。

雅也はサリーから目を逸らした。

「マスター、やっぱり少し疲れているんじゃないですか」

有紗が心配そうな声をかけてきた。

「そうだな。この店をやっている意味も、だんだん見えなくなってきた気がするよ」

「雅さん、あなたこの店を開いてから、外で飲むことなんかなかったんじゃないの」

サリーの言う通りだった。飲むと言えば閉店後に、一人でカウンターに座って一杯やるか、店に残ったサリーと飲むくらいだった。休みの日に酒は飲まない。

「それじゃあだめよ。自分の心にゆとりがないと客に憩《いこ》いの場なんか提供できないわよ。

たまには外に飲みに行かないと」

「それなら、うってつけの店がありますよ。マスター、灯火亭《ともしびてい》って知ってますか」

有紗が身体を乗り出してきた。

「私、落ち込んだ時や仕事でもプライベートでも悩んだ時は、必ず灯火亭に行くんです」

店の名前は何度か耳にしたことがあった。この街の飲み屋街にある居酒屋だ。

「お悩み相談でもしてくれるのかい」

「そうじゃありません。ユウさんっていうご主人の作った料理を食べて、一杯やる。ちょっと話をすると元気になれるんです。不思議な店なんですよ」

「あたしも噂は聞いたことがあるわ。面白いご主人のいる店だって」

「行ってみたいが、店を休むわけにはいかないからな」

「ここは開店が午後八時くらいでしょ。灯火亭は五時には開いているから、晩ごはん代わりに何か食べて軽く一杯だけやって、戻ってくればいいじゃないですか。ここからなら歩いて五分くらいですよ」

「雅さん、行こう。明日」

サリーが雅也の目を見つめて言った。思い詰めた目だった。

「わかった。行ってみよう」

「やった」

有紗が嬉しそうな声を上げた。

「今は大きな仕事は抱えてないので、定時に会社を出ます。六時にこの店の前で待ち合わせにしましょう」

「決まりね」

サリーが言って話がまとまった。

灯火亭がどんな店かわからないが、若い有紗のように、ユウさんという店主と話をして元気になれるとは思えない。もし本当に客に元気を与えてくれる店なら、サリーにとって何かいいことがあるかもしれない。

そんな風に考えながら、二人のグラスの氷を替えてフォアローゼスを注いだ。

台風が過ぎて本格的な秋を思わせる日になった。一杯やるには気持ちのいい季節だ。

そんなことを考えながら飲み屋街を歩いた。

「この先です」

有紗が飲み屋街の路地から横道に入っていった。それまでの喧騒が嘘のような静かな通りだ。少し先に店の明りが見える。

店の前で有紗が立ち止まり、雅也たちに顔を向けてから暖簾をくぐった。

有紗に続いて店に入ると柔らかい出汁の香りがした。清潔感のある店だ。客はまだ一人もいない。

「有紗さん、いらっしゃい」

女性の従業員が声をかけてきた。紺の作務衣を着ている。

「亜海《あみ》さん、今日は初めての方を二人お連れしたのでよろしくお願いしますね」

有紗が声をかけると、亜海と呼ばれた従業員が爽やかな笑顔を向けてきた。

「いらっしゃいませ。ゆっくりなさってくださいね」

肩ひじ張らず、それでいて心のこもったひと言だった。思わずこちらも笑顔になって頷いた。

サリーを真ん中にして三人でカウンターに座った。

「いらっしゃいませ」

カウンターの中から声がかかった。

この人がユウさんだろう。あらましは有紗から聞いていたので驚きはなかった。

ショートカットに薄い化粧。こちらに向けてきた微笑は吸い込まれるように優しい。有紗がこの店を癒《いや》しの場にするのもよくわかった。だが雅也は、ユウさんの目に優しさより厳しさを感じた。どんな人生を歩いてきたのだろう。そう思わせる目だった。

まず生ビールを頼んだ。

「ユウさん、こちら近くにあるバー、ランプライトのマスターと歌手のサリーさんです」

有紗がユウさんに向かって言った。来る途中で、二人の正体を告げることは了承していた。

「お噂は耳にしたことがあります。落ち着いた素敵なお店だそうですね」

「葛城といいます。今日は有紗さんに誘われて、店を開ける前に寄らせてもらいました」

雅也が言うと、ユウさんは笑顔で頷いた。

「お食事だけでも構いませんから、いつでもいらしてください」

客に楽しんでもらいたいという気持ちが素直に表れた笑み。雅也にはそう見えた。

「お待たせしました」

生ビールとお通しの皿が三つ並んだ。

「じゃあ、サリーさんとの再会とマスターの久々の外飲みに乾杯」

有紗が楽しそうに言ってジョッキを持ち上げた。

雅也とサリーもそれに合わせてジョッキを持った。

生ビールを喉に流し込む。旨い。久しぶりにこんな飲み方をした。

「これ、美味しいわ」

ジョッキを置いたサリーがお通しを食べて言った。

お通しの皿には、鮮やかな色のニンジンの千切りが盛ってある。

雅也も箸を取ってニンジンを口に運んだ。

ナムルだ。ごま油の香りと適度に茹でた柔らかいニンジンの甘さに、ピリッとした一味唐辛子がビールに合う。

「洒落たお通しね。身体にも良さそう」

サリーが顔を向けてきた。

「何か召し上がりますか」

亜海が声をかけてきた。

「そうね」

サリーが壁に貼ってあるお品書きに目をやった。

「さっぱりした野菜料理と、少しお腹にたまるもの。こんな注文じゃだめかしら」

サリーが亜海に顔を向けて言った。

「いいえ、大丈夫です。それならオニオンスライスの梅だれがけと味噌鶏《みそどり》のかいわれ和えはいかがですか」

「いいわね。いろいろ食べてみたいから、取り敢えず一皿ずつお願いね」

サリーが答えると、亜海は笑顔で返事をして板場に入っていった。

「マスター、どうですか。灯火亭の第一印象は」

有紗が顔を向けてきた。

雅也は、曖昧に頷いて板場にいるユウさんを見つめていた。

従業員の感じが良く、しっかりしているのは、店主の影響だろう。最初の一杯を口にした段階で、すでに灯火亭の魅力は感じていた。居酒屋とバーという違いはあるが、自分の店で客はこんな気分を感じてくれているのだろうか。

「お待たせしました。オニオンスライスの梅だれがけです」

亜海がカウンターにガラスの平皿と取り皿を三枚置いた。取り分け用の箸もつけてくれている。

オニオンスライスの上に鮮やかな色の梅肉が載って、白ごまがかけてある。

「私がやります」

有紗が言って、軽く梅肉を絡《から》めて三つの皿に取り分けた。

ビールをひと口飲んでから箸を伸ばした。

梅肉は出汁で伸ばしているのだろう。すっぱ過ぎず、たまねぎによく絡んでいる。少し醤油の味もする。たまねぎと梅肉の相性がこれほどいいとは知らなかった。

すぐに味噌鶏のかいわれ和えも来た。

蒸した鶏肉を細かくさいて、たっぷりのかいわれと和えてある。

有紗が取り分けてくれた。

鶏肉とかいわれを一緒に箸で挟んで口に運んだ。

鶏肉はしっとりと仕上がり、味噌の味がよくしみ込んでいる。ぴりっとしたかいわれが全体の味を引き締めている。

思わず頬が緩みジョッキに手が伸びる。ビールを喉に流し込んで頷いた。カウンターの中のユウさんと目が合った。

「お気に召していただけましたか」

「お通しも含めて、ちゃんと手をかけて仕上げていますね。だから美味しい。彼女の言うことは本当だった」

最後は有紗に顔を向けて言った。

「でしょう。灯火亭に来たら間違いないんです」

有紗が、どうです、という風に胸を張った。

「有紗さん、ありがとう」

ユウさんが有紗に笑顔を向けた。

有紗が少し照れたような顔で頷いた。

引き戸が開き、新しい客が入ってきた。紺のパンツスーツの女性だ。

「美佐樹《みさき》先生、いらっしゃいませ」

亜海が明るい声をかけた。

美佐樹先生と呼ばれた女性と目があった。

「あらマスター珍しい。サリーさんも」

美佐樹先生と呼ばれたのは、月に一度か二度はランプライトに来てくれる女性だ。高校の教師だと聞いている。

美佐樹先生は会釈をしながら雅也たちの後ろを通ってカウンターの奥に座った。仕事帰りなのだろう。少し疲れた様子だが、亜海と楽しそうに話をしている。

カウンターの中に戻った亜海が、しばらくしてジョッキを持って出てきた。

「今日もお仕事お疲れさまでした。ハイボールです」

ジョッキとお通しの皿を美佐樹先生の前に置いた。

美佐樹先生がハイボールをひと口飲んで大きく息をはいた。

ふと横を向いた美佐樹先生と目が合った。

「マスターの前でハイボール飲むのは、気が引けちゃいますね」

「どうしてですか」

「最近、ハイボールにはまっちゃっていつもこれなんですけど、美味しいウイスキーを炭酸で割ってぐびぐび飲むなんてもったいないっていう人もいますよね。プロから見たら、そう見えるんですか」

「とんでもない」

雅也は首を振った。

「ハイボールはちゃんとしたカクテルですよ。有名な老舗《しにせ》のバーでもいろいろと工夫して特色を出しています」

「マスターのお店でも出しているんですか」

「お客さまからオーダーがあれば当然お作りします」

「家でも作ることがあるんですけど、美味しい作り方ってあるんですか」

美佐樹先生は、そこまで言ってユウさんに顔を向けた。

「ここでハイボール飲みながら、こんなこと訊くのは失礼だったわね。ごめんなさい」

「いいえ、私も聞いてみたいわ。企業秘密でなければ」

ユウさんが悪戯っぽい笑顔を向けてきた。

「企業秘密なんかありませんよ」

雅也は苦笑いを返した。

「グラスに氷を入れてウイスキーを注いだら、氷に当てないようにそうっとソーダを注ぎます。そしてバースプーンをグラスに沿って底まで入れて一番下にある氷を少し持ち上げて元に戻します。ソーダはウイスキーより比重が重いのであまり掻き回す必要はありません。ゆっくりバースプーンを持ち上げてできあがりです」

「レモンとかは入れないんですか」

「ピールはかけます。レモンやオレンジの皮を短冊《たんざく》にそぎ切りしたものを使います。グラスの縁より少し下で四、五センチ離して指でつまむように絞ってピールを飛ばすと、苦みが入らず心地よい香りだけがグラスに入ります」

「へえ、面白いですね」

美佐樹先生がジョッキのハイボールを見つめながら、何度も頷いている。

「美佐樹先生、バーはお一人で行くんですか」

亜海が控えめな言い方で訊いた。

「何よ。私が一人でバーに行くのがおかしいの」

「とんでもありません。美佐樹先生が一人でカウンターに座ってグラスを傾ける姿、かっこよさそうだなと思って」

「亜海ちゃん、私には一人酒がお似合いってこと？」

美佐樹先生が睨むと、亜海は笑顔で小さく頭を下げて板場に入っていった。

「先生は、ウイスキーは水割り派かしら、それともロック派」

ユウさんが声をかけた。

「それがいつも迷っちゃうのよね。美味しいウイスキーはストレートで味わってみたい。でもロックもいいし、水割りも捨てがたい。だからその日の気分かな」

美佐樹先生が言ってジョッキを口に当てた。

「それじゃあ、次にいらした時は、フロートをお作りしますよ」

雅也は美佐樹先生に声をかけた。

「なんですか、それ」

「グラスに氷と水を入れたら、マドラーをつたわせてウイスキーを水の上にそうっと注ぐんです。ウイスキーは水よりも軽いので、下は水、上はウイスキーという二層になるんです。ですから最初はストレート、氷がなじんできたらロック、最後は水割り、という風に一杯で三種類の飲み方が楽しめます。どうですか」

「それ私にぴったりです。次はぜひお願いします」

美佐樹先生が嬉しそうに言って、ジョッキに手を伸ばした。

雅也もジョッキを持ってビールを飲み干した。こんなくつろいだ会話は久しぶりだ。

サリーに目を向けると、ジョッキに手を添えたままじっとしている。

「どうしたんだ」

サリーが顔を上げ、チラッとユウさんを見てから雅也に視線を戻し微笑んだ。どこか寂しそうだ。

サリーを元気づけられたら、そう思って一緒に来たが、なんのことはない、自分が楽しんでいた。

「すまんな、一人ではしゃいでしまった」

サリーは黙って首を振った。

「雅さんに元気がないと、あたしがお店でくつろげない。私の大切な場所なんだから」

サリーが言って雅也の空のジョッキに目を向けた。

「どう、もう一杯。これくらいなら大丈夫でしょ」

たしかに仕事に影響はないがどうするか。もう少しこの空間にいたい。そう思わせる店だ。

「よろしかったら」

ユウさんが声をかけてきた。

「小さいグラスで、もう一杯だけいかがですか」

ありがたいお勧めだ。

「じゃあそうさせてもらいます」

ジョッキの半分くらいの大きさのグラスで生ビールが来た。

料理を味わいながら生ビールを楽しんだ。

しばらくして新しい客が入ってきた。カウンターに二人、小上がりにはサラリーマン風の四人が腰を下ろした。

「そろそろ行くか」

雅也はグラスを干して、サリーと有紗に声をかけた。

「私、もう少し飲んでいってもいいですか」

有紗が控えめに言った。

「もちろんだ。ゆっくり楽しんだらいいさ」

ここで一緒に出ようというのは酷だろう。

「ごちそうさまでした」

雅也は支払いを済ませて、ユウさんに声をかけた。

「ありがとうございました。またお待ちしています」

ユウさんの言葉に頷き背中を向けた。

「サリーさん」

ユウさんが声をかけてきた。

立ち止まり振り返った。

「また必ずいらしてくださいね」

ユウさんが静かな笑みをサリーに向けている。雅也の位置からはサリーがどんな顔をしているのかわからない。

「ありがとう」

しばらくユウさんに顔を向けていたサリーが言った。

「さあ、行きましょう」

サリーに背中を押されて店を出た。

飲み屋街はどこの店も客であふれている。その賑《にぎ》わいとは対照的に、サリーは何かを考えるように黙って歩いている。

声をかけづらい雰囲気だ。雅也も口を開かずサリーの隣をゆっくり歩いた。

「もう少し飲むだろ」

雅也は、カウンターの中からサリーに声をかけ、答えを聞く前にフォアローゼスのロックを作ってサリーの前に置いた。

店を開けるまでには、まだ時間がある。

サリーは黙ってグラスを見つめている。

「怖い人ね」

小さく言って顔を上げた。

「ユウさんのことよ。優しいだけじゃない。持って生まれたものなのか、これまでの経験がそうさせるのか」

サリーがロックグラスを持ち上げて続けた。

「雅さんが女の先生と話をしている時、ふと気付いたらユウさんが私を見つめているの。微笑を浮かべながらね。目が合ったら、微笑んだままゆっくり頷いたの。その時、あたし今まで経験したことのないような気持ちになった」

サリーが言葉を切って、グラスに軽く口を付けた。

「もし周りに誰もいなかったら、あたしユウさんに抱きついていたかもしれない。母親にはぐれた子供が、やっと母親を見つけたみたいな感じでね。年齢から言ったら逆よね。いい歳して変でしょ」

サリーが自嘲的な笑みを浮かべた。

サリーはバンドを解散してからこの歳まで、一人で音楽の世界で生きてきた。ちょっとやそっとのことで弱音《よわね》をはいたり、他人に弱味を見せる女ではない。沖縄でのことで心が弱っているのだろう。

「若い人なら、あの優しさに癒《いや》されると思う。でもあたしは、ユウさんの笑顔を見ていると自分が崩れちゃう、そう感じたの」

だから怖い人か。

「雅さん、あなたのローストビーフが食べたい」

サリーが突然言った。

「すまんが、今は作っていないんだ」

「どうして」

サリーが真剣な表情で言った。

「このお店で、売りになるもの。そう言ってずいぶん苦労して作ったのじゃないの。あれがないのは寂しいわ」

ローストビーフには、自家製のマスタードか赤柚子胡椒《ゆずこしょう》を添える。

知り合いの料理人に聞いたレシピを基《もと》に、よりウイスキーに合う味と食べ方を求めて、試行錯誤を繰り返した。

いつもサリーが付き合ってくれた。

サリーは、もっと辛味を強く、柚子の風味が弱い、いろいろと注文をつけた。そのたびに雅也も味を確認して作り直した。一ヶ月かけてようやく納得できる味になった。

これなら大丈夫、そう言った時のサリーの笑顔は忘れられない。

客の評判は良かった。マスタードと赤柚子胡椒を客の好みで選んでもらうようにした。二軒目で来る客がほとんどなので、何枚にするかは客のオーダーしだいにした。一枚だけという客もいた。

もう一年近く作っていない。最近は、ローストビーフがあるかと訊く客もほとんどいなくなった。

「二人でマスタードや柚子胡椒のレシピを考えている時、楽しかった。あれを食べたらきっと楽しくなれるわ」

サリーが寂しそうな笑顔で言った。

その通りだ。あのマスタードを作れば、楽しかった思い出がよみがえってくる。だから作るのをやめた。口にはできなかった。

雅也はサリーから目を逸らしたまま無言でいた。

「ごめん、無理なこと言って。雅さんに何も言わずに消えちゃったんだものね。本当ならここにも顔を出せる立場じゃないんだ」

サリーが下を向いた。

しばらくどちらも口を開かなかった。

寂しそうな顔はサリーに似合わない。こんな顔を見続けるのは耐えられない。

「材料を用意して作るのに二日、一週間寝かせるから十日後だな」

雅也が言うと、サリーは顔を上げた。

「ありがとう。じゃあ十日後に顔を出すわ」

サリーは、それだけ言うと立ち上がり、店を出て行った。

こんなことでサリーが笑顔になれるのだろうか。笑顔になれたとして意味はあるのだろうか。

ドアが開き客が入ってきた。馴染みの二人連れだ。

雅也は気持ちを入れ替えて、客を迎えた。


サリーと約束して二日がたった。

雅也は、カウンターの裏にある小さな厨房《ちゅうぼう》にいる。

目の前には大量の柚子と赤唐辛子が籠に入って置いてある。

今日は、朝から多摩川の上流にある知り合いの農家を回って、必要な食材を集めてきた。ローストビーフを作り始めた頃から世話になっている農家だ。久しぶりだったが、事前に連絡してあったのですんなりとそろった。季節もちょうどよかった。

十数個ある柚子をひとつずつ手に取りペティナイフで皮を剝いていく。幅一センチほどでくるくると丸まった皮が皿の上で山盛りになっていく。厨房が柚子の香りで満たされてきた。これと赤唐辛子に塩。柚子胡椒の材料はこれだけだ。柚子と唐辛子をミキサーに入れる。当時は、柚子と唐辛子の割合、塩の量を何度も変えて試行錯誤を繰り返した。ミキサーにかける時間によって辛味や香りが違ってくることも、その時に初めて知った。一回、一回、詳細にメモを取り何度も繰り返した。

当時のことを思い出しながら、ミキサーのスイッチを入れた。軽いうなりを上げて回転し始めた。ひときわ強い柚子の香りが漂ってきた。あの頃はサリーが隣で時計の秒針を見つめて声をかけてくれた。

レシピ通りの時間でミキサーを止めた。レシピさえ固まってしまえば簡単な作業だ。小さなスプーンで少しすくい取り味見をした。間違いない。いつもの味だ。この香りは絶対に市販のものでは生まれない。この後、容器に入れて一週間冷蔵庫で寝かせれば、ローストビーフの味を生かしながら、牛肉の力強さに負けない香りと味になる。

レシピが固まった時、この場所でサリーとビールで乾杯した。

次はマスタードだ。

材料は、一晩水につけたブラウンとイエローの二種類の粒状のマスタードシード、それに砂糖、塩、白ワイン、白ワインビネガーだ。

これもミキサーで攪拌《かくはん》する。分量さえ決まっていれば簡単な作業だが、材料が多いだけに、気に入ったレシピに至るには時間がかかった。満足いく味ができた時、サリーは

「あたしが協力しなかったらできなかったでしょ」そう言ってサリーマスタードと名付けた。メニューに書くわけではない。二人の間だけの遊びだ。だから楽しかった。

マスタードと赤柚子胡椒を入れた容器を冷蔵庫にしまった。ローストビーフは当日の昼間に焼く。

楽しく作っても、そうでなくても味は同じなのだろうか。サリーはこれを食べて当時のように笑えるのか。サリーのためにできることはこんなものなのか。歯がゆさで拳《こぶし》を握りしめた。

道の両側に並ぶ居酒屋の幟《のぼり》が秋風に揺れている。

雅也は、あてもなく飲み屋街を歩いていた。店にいるのがつらかった。腕時計を見ると午後五時を回っている。

足を止めた。飲み屋街から横に入る道が見える。何も考えていないようで、ここに向かっていたのかもしれない。

横道に入った。灯火亭。暖簾は出ている。躊躇《ためら》いながら引き戸を開けて中に入った。

「いらっしゃいませ」

亜海が明るい声で迎えてくれた。カウンターの方に顔を向けると、ユウさんが微笑んでいた。

「どうぞお座りください」

ユウさんに言われるまま、カウンターに腰を下ろした。

「お飲み物は、どうなさいますか」

亜海がおしぼりを置いて声をかけてきた。

「我《わ》が儘《まま》を言って申し訳ありませんが、小さいグラスで生ビールをいただけますか」

「承知しました」

亜海が板場の中へ入っていく。

「また来ていただけて、嬉しいですわ」

ユウさんが微笑みを向けてきた。今日はユウさんの目に厳しさは感じない。優しさだけが胸に沁み込んでくる。この微笑が見たくて足が向いたのかもしれない。胸の中にわだかまっていたものが、溶けていくのを感じた。難しいことは考えず、ほんのひと時を過ごす場所。そんな気持ちにさせてくれる。

「お待たせしました」

グラスの生ビールとお通しが置かれた。

生ビールをひと口、喉に流し込んだ。身体中に爽やかさが広がっていく。

お通しは蒲鉾《かまぼこ》だ。三切れをさらに半分に切ってある。添えられているのは茹でた三つ葉だ。蒲鉾と三つ葉を箸でつまんで口に運んだ。蒲鉾にはわさび醤油がかけてある。さっぱりとした蒲鉾と三つ葉の香りの相性がいい。生ビールをもうひと口飲んだ。

「ここに来ると、お通しが楽しみになりますね」

ユウさんに向かって言った。

ユウさんは、ありがとうございます、と言ってから笑顔を引っ込めて少し首を傾げた。

「お疲れのようですね」

「いい歳をしてお恥ずかしいですが、自分の気持ちを持て余しています。どこに向かって歩いているのかわからない。そんな感じです」

グラスに目を向けて言った。

「サリーさんのことかしら」

ユウさんの言葉に顔を上げた。

「昨日、遅い時間に一人でいらしたんですよ」

「サリーが……」

何のことはない、サリーも自分も一度来ただけの灯火亭に、いやユウさんの笑顔に救いを求めていたのかもしれない。

「葛城さんのことを気にしていましたよ。傷つけてしまったと」

「そう簡単に傷つくような歳じゃありませんよ」

苦笑いが浮かぶ。六十も半ばを過ぎて、惚れた腫れたで傷つく歳ではないと思いたい。

「初めてお見えになった時、サリーさんはこちらがつらくなるような、悲しい目をしていました。でも葛城さんが美佐樹先生と楽しそうに話をしているのを見て、サリーさん、本当に嬉しそうでしたよ」

ユウさんが優しい口調で言った。

サリーはその時にユウさんと目が合い、怖い人、と感じたと言った。心の底まで見透かされ、自分の弱さを自然にさらけ出してしまう。ユウさんの微笑みに接してそう感じたのだろう。

「お互い、同じ気持ちで想い合っているのじゃないかしら」

「私が一方的に惚れているんです」

言って自分の言葉に驚いた。こんなことを口にするつもりはなかった。慌ててグラスを手にして残りのビールを飲み干した。

「もう一杯いかがですか」

ユウさんが明るい声をかけてきた。さっきのひと言は聞き流してくれたようだ。

「しまったな。最初から大きいのにしておけばよかった。すいませんがもう一杯だけお願いします」

空のグラスを持って言うと、ユウさんは亜海に、お代わりお願いします、と声をかけた。

二杯目が来た。半分ほどを一気に飲んだ。喉がからからになっていた。

「サリーさん、楽しみにしていましたよ」

ユウさんが明るい笑顔を向けてきた。

「葛城さんが、二人で完成させたローストビーフを食べさせてくれる。我が儘をきいてくれたって」

どうやら何から何まで話しているようだ。

「いい年して、あいつの手のひらの上でコロコロ転がされているってことですかね」

「それも素敵ですね。人生のベテランお二人が、ローストビーフを味わいながら、どんなお話をするのか。私も聞いてみたいですわ」

どんな話になるのか、雅也自身にもわからない。それでもユウさんと話をしたことで肩の力が少し抜けたような気になった。

仕事がなければもっと飲みたいところだ。そう思いながらグラスのビールを飲み干し立ち上がった。


約束の十日がたった。この間、サリーは一度も店に顔を出していない。

午後九時を回った頃から客が入り始めたが、サリーは現れない。

淡々と仕事をこなし、カウンターの客と当たり障《さわ》りのないやり取りをする。

午後十一時を過ぎて最後の客が店を出た。

たまったグラスを一つ一つ丁寧に洗っていく。全部洗い終わるのを待っていたようにドアが開いた。

「遅かったな」

カウンターに座ったサリーに声をかけた。

「他のお客さんの前で、あたしだけローストビーフを食べるわけにはいかないでしょ」

サリーの言葉に頷き、フォアローゼスのロックを作りカウンターに置いた。

ローストビーフは日中に焼いてある。周りに塩と胡椒をまぶしただけのシンプルなものだ。

ローストビーフを薄く切り、さらに半分に切って皿に盛りつけた。皿は二枚。一枚に赤柚子胡椒、もう一枚にはサリーマスタードを載せた。

「いただきます」

サリーがロックグラスを置いて、箸を伸ばした。赤柚子胡椒を少し取ってローストビーフに載せ、口に運んだ。

「美味しい。この柚子の香りは他では絶対食べられない。雅さんの味ね」

サリーは何度も頷き、フォアローゼスをひと口飲んだ。

「こっちはどうかしら」

もう一枚の皿に箸を伸ばし、マスタードを載せたローストビーフを口にした。

「もう十五年以上前よね。二人で毎日、毎日、メモを取りながら格闘したわよね」

サリーが箸を置いて、ロックグラスを手にした。

「今さらだけど、あの頃、こうやって雅さんと毎日、肩を寄せ合って過ごす暮らしも悪くない、そう思ったこともあったわ」

サリーは前を見たまま目を合わさずに言った。

思いもしない言葉だった。口を挟まずサリーを見つめた。

サリーには何度も恋の噂があったが、二人ともずっと独身だった。

「でもやっぱり歌の世界からは足を洗えなかった。なんでだと思う」

サリーが顔を向けてきた。

雅也は黙ったままサリーを見つめ、次の言葉を待った。

「雅さんの気持ちはわかっていた。それに甘えていたのよ。なにがあっても雅さんはここであたしを待っていてくれる。嫌な女ね」

サリーはフォアローゼスをひと口飲んで続けた。

「最後が一番ひどいわよね。一緒に暮らしていた男が死んだからって、平気な顔で戻ってきてローストビーフが食べたいだって。自分でもあきれちゃうわ」

平気な顔はしていなかったよ。心の中で声をかけた。

「ユウさんに言われたの」

サリーが顔を向けてきた。

「若い人には、若い人にしかできない恋愛がある。人生のベテランには、若い人には作ることができない男と女の形があるはずだって。あたしが雅さんに言うことじゃないけどね」

サリーが悪戯っ子のような笑みを浮かべた。こんな表情は帰ってきてから初めてだ。

「帰ってこられる場所がある。あたしを大切に思ってくれる人がいる。それが支えだった。ごめんなさい。雅さんには――」

「惚れた弱味ってやつだ」

サリーの言葉を遮って言った。これ以上、自分を責める言葉を聞きたくない。

「昨日今日のことじゃない。惚れた弱味だと思ってあきらめてるよ」

サリーが下を向いて小さく首を振った。

店のドアが開く音がした。表の明りを消していなかった。申し訳ないが、閉店だと言って帰ってもらおう。

そう思って入り口に顔を向けた。

入ってきた客を見て驚いた。

ユウさんだ。

ジーンズに黒い革のジャケットを着ている。薄い化粧は店にいた時と同じだ。なぜユウさんが。

「まだよろしいかしら」

ユウさんはカウンターに近づき言った。

「失礼しました。どうぞ」

雅也が慌てて言うと、ユウさんはサリーの隣のスツールに腰を下ろした。

「これがお店の名前の由来なんですね」

ユウさんがサリーの前のランプを見て言った。

「昔からこの明かりが好きなんです。心を落ち着かせてくれる」

雅也の言葉にユウさんは静かに頷き、灯火ですね、とつぶやくように言って、カウンターの上のボトルに目をやった。

「フォアローゼス、ロックでいただけますか」

「かしこまりました」

ロックグラスに氷を入れてフォアローゼスを注ぎ、カウンターに置いた。

「お邪魔じゃなかったかしら」

ユウさんがサリーに声をかけた。

サリーがユウさんに身体を向けると、穏やかな笑みを浮かべてグラスを持ち上げた。

ユウさんもグラスを掲げるようにした。

「ユウさんが来るとは思ってもいなかったわ。何かあったのかしら」

サリーが訊ねた。

「そろそろ葛城さんの特製マスタードが食べ頃かと思って。それに……」

ユウさんが悪戯っぽい笑みを浮かべてグラスを軽く揺すった。

「人生の先輩方の恋の行方が気になって」

サリーが前を見て苦笑いを浮かべた。

「この歳になってもわからないことが多すぎるわ」

サリーがユウさんに顔を向けた。

「一番わからないのが自分の心。いつまでも泣いてるつもりはないけど、笑うには時間がかかる。それでも人生の時間はそれほど残っているわけじゃない」

「まだ時間はたっぷりありますよ」

「この歳になるとみんな必ず言うの。まだまだこれからだって。それを口にするのは、これからってほど時間があるわけじゃないことが、わかっているからよ。人生の黄昏時を感じ始めるの」

サリーがまじめな顔で言った。

「仮に時間がなくても、サリーさんには歌がある。葛城さんにはこのお店がある。素敵なことですよね」

ユウさんが力みもなく言った。

「たしかにそうね。あの電子ピアノとマイクスタンドは、この店を開く時、あたしが絶対に置けって言って無理矢理買わせたの。お金がなかったのにね。雅さんはずいぶん渋ったわ」

「後悔したことは」

ユウさんが楽しそうな顔を向けてきた。

「一度もありません。あのピアノとマイクがなかったら、とっくに店を閉めてたかもしれない」

本心だった。たった今気付いたことだが。

「あたしもここで歌うのは楽しかった」

「聞かせていただきたいわ」

ユウさんが、雅也とサリーを交互に見た。

「歌うか」

サリーに声をかけた。

「今は歌うと暗くなっちゃうかな」

それでもサリーは立ち上がり、マイクスタンドの前に立った。

雅也は、ユウさんに笑みを送ってからピアノの前に座った。

鍵盤に軽く指をあてた。イントロをゆっくり奏でる。

サリーがこちらを向いたのがわかったが無視した。

やってくれるわね。サリーがつぶやいた。

歌が始まった。サリーの錆《さび》のある声が店の中に流れる。

「Nothing's Gonna Change My Love For You」

日本でも人気のある楽曲だ。邦題は「変わらぬ想い」。

誰にも私の想いを変えることなんかできない。静かに燃える恋の歌だ。

サリーの歌が心に入り込んでくる。だが今夜はそれを素直に受け止めることができる。

誰のことを想って歌っているのか。

沖縄で死んだ男か。もっと昔の男か。それとも……。

今はサリーの心がどこにあってもかまわない。この歳になっても変わらない想い。悪くないじゃないか。まだまだこれからだ。黄昏時に向かって静かに輝く光があったっていいだろう。

カウンターに座るユウさんの横顔をランプの明りが照らしている。なんのてらいもない優しい笑顔だ。

サリーの歌は続いている。

結婚の味

「明けましておめでとうございます」

城亜海《きずき》は、いつもより深く頭を下げて新年の挨拶をした。

「はい、おめでとう。今年もよろしく」

灯火亭の常連中の常連、大沢《おおさわ》社長が毛糸のマフラーと帽子を取って言った。

「社長、明けましておめでとう」

声をかけたのは工務店の親方、常連の大将だ。早い時間から来て日本酒を楽しんでいる。

「おめでとうございます。皆さん、お揃いだったんだね」

大将の隣にはパン屋のご主人、杉《すぎ》パンさん。一つ席を空けて高校教師の美佐樹《みさき》先生。そして一番奥には哲平《てっぺい》さん。おとなしそうな風貌とは裏腹に現代アートの精鋭だ。

灯火亭は今日、一月四日が新年のスタートだ。新年初日に常連さんが勢ぞろいしている。

「ユウさん、明けましておめでとう。今年もよろしく」

社長がいつもの席に腰を下ろしてカウンターの中に声をかけた。

「おめでとうございます。今年もよろしくお願いします」

ユウさんが笑顔で頭を下げた。今日はお正月らしく薄いピンクの作務衣《さむえ》を着ている。

「亜海ちゃん、日本酒をお願いします」

社長が声をかけてきた。

「いつもの人肌でよろしいですか。今日は特別寒いみたいですし、少し熱めにしましょうか」

「そうだね、ここに来るまでにすっかり身体が冷えてしまったからね。心持ち熱めでお願いしようかな」

「承知しました」

灯火亭では燗付け器は使わず、お客さまの好みに合わせて湯煎《ゆせん》でお燗をする。これは亜海の仕事だ。

鍋を火にかけ沸騰《ふっとう》したらいったん火を止め、日本酒を注いだ徳利《とっくり》を入れる。火をつけたままだとお燗の温度の調整が難しい。

お燗をちゃんと付けられるようになるのにも、ずいぶん苦労した。今ではユウさんも黙って見ているだけだ。

徳利を持ち上げ底に指を当てた。これはいつもの社長の人肌。徳利を戻してゆっくり十数えた。再び徳利を持ち上げ熱さを確かめる。

うん、これでいつもより少し熱めの人肌になった。

「お待たせしました」

徳利とぐい呑みを社長の前に置いた。

「これはいいお燗の具合だ」

社長がひと口飲んで笑顔を向けてきてくれた。

「ユウさん、亜海ちゃんもずいぶん成長したね」

「皆さんに育てていただいています」

ユウさんが社長に答えてから亜海に顔を向けてきた。

常連の皆さんには心底感謝している。この人たちがいなかったら灯火亭での日々も全く違ったものになっていたはずだ。

「どうぞ、今日のお通しです」

社長の前に皿を置いた。

「毎年、これが楽しみでね」

社長がお通しの皿に箸を伸ばした。

「お宅で召し上がっているでしょうけど、やはり今年もこれにしました」

ユウさんがカウンターの中から声をかけた。

お通しは、紅白なますと黒豆だ。

真ん中に仕切りのある皿にきれいに盛り付けてある。

社長が箸でつまんだなますを口に運んだ。

「ユウさんのなますはこれがいいんです」

「そうだね。家で食べるのとちょっと違ってね」

大将が日本酒をくいっとあけて、なますに箸を伸ばした。

灯火亭の紅白なますは、大根と人参の千切りの他に小さくちぎった干し柿が入っている。干し柿入りの紅白なますは亜海も初めて食べたが、なますの酢加減と干し柿の甘さがなんとも言えない柔らかな味わいになる。ユウさんの故郷の長野から送ってきた干し柿だということだった。

「亜海ちゃんが成長したのは嬉しいが、そろそろ後任を探さないといけないいんじゃないですか」

「そうですね。どうしましょうか」

「ちょっと待って、どういうこと」

杉パンさんが声をあげた。

「後任って、亜海ちゃん、ここをやめちゃうのかい」

杉パンさんが驚いた顔を向けてきた。

あれ、杉パンさんにはまだ話していなかったかな。

「今ごろ何言ってるの」

美佐樹先生があきれたような顔を杉パンさんに向けた。手に持っているのは、亜海がホッチャレモンと名付けた、焼酎のホットウーロン茶割りレモン入り。美佐樹先生の冬の定番だ。

「えっ、みんな知ってるの。俺だけかい知らないのは」

杉パンさんが、腰を浮かして大将と社長を交互に見た。

二人は笑顔で黙っている。

「ひでえなぁ」

杉パンさんは腰を戻して、亜海に顔を向けてきた。

「亜海ちゃんもユウさんも水臭いじゃないか。でもどうして」

「まあ、おめでたいことなんだから、気持ちよく送り出してあげましょうよ」

社長が穏やかな笑みを浮かべて言った。

「おめでたいって、亜海ちゃん、いよいよ結婚か」

杉パンさんが顔を向けてきた。

「いえ、まだ正式に決まったわけではなくて……」

「相手は誰だ」

杉パンさんが、視線を上に向けてほんのわずか考えるような顔をしてから亜海に顔を向けてきた。

「あの紅茶屋さんか、ええと坂本《さかもと》さんだよな」

杉パンさんは「な、な」と言って美佐樹先生や大将に同意を求めている。

「そうに決まってるでしょ」

美佐樹先生が杉パンさんとは目を合わさずに答えた。

「でも俺、先月も何回か、ここで紅茶屋さんと一緒になったけど、一度もそんな話は出なかったぞ。みんな冷てえな」

杉パンさんは、焼酎のお湯割りをちびりと飲むと、突然、そうだ、と言って立ち上がり、カウンターの奥に目を向けた。

「哲平、お前いつも端っこで黙って飲んでるから知らなかっただろ。な、今初めて聞いたろ。驚いたよな」

杉パンさんが早口でまくし立てた。

哲平さんがゆっくり杉パンさんに顔を向けた。

「気が付かない方がおかしいでしょ」

哲平さんは、まったく興味がないという表情で言ってホッチャレモンをひと口飲んだ。

ホッチャレモンは、哲平さんのリクエストで生まれた飲み方だ。

「杉パン、哲平にそれを言われちゃ、お前も終わりだな」

大将が笑い声を上げた。

杉パンさんは、がっくり肩を落として椅子に座り直した。

「杉パンさん、ごめんなさい。隠していたわけじゃなくて……」

亜海は、杉パンさんの後ろに立って頭を下げた。

「いいよ、いいよ。大丈夫。そんなおめでたいことなら、俺も嬉しいから。で式はいつ？　いつまでここで働けるの？」

「いえ、まだ式とかそんな具体的なことが決まっているわけじゃないんです。ユウさんから、三年で一区切り。後は自分の考えで自由にしなさい、そう言っていただいたんです。そんな時に坂本さんとのお話が進んだので、四月からはあちらのお店で働くことにしたんです。ごめんなさい」

「いやいや、亜海ちゃんが謝ることじゃないよ。考えてみたら先月は、クリスマスケーキの準備や仕込みでくたくたになって、後半はあんまり外に出なかったからな」

「杉パンさん、ごめんなさいね。別に隠し立てするつもりじゃなかったんですよ。たまたまタイミングが合わなくて」

ユウさんがカウンターの中から声をかけた。

「もう気にしないでよ。それよりさっき社長が言ってた、亜海ちゃんの後任はどうするの」

杉パンさんの言葉に、ユウさんが困ったような顔で首を傾げた。

「これは難しい問題だな」

大将が眉間《みけん》にしわを寄せて言って亜海に顔を向けてきた。

「亜海ちゃん、熱燗お代わり」

大将から徳利を受け取り板場に入った。後任は大事なことだが、あまり聞きたくない話だった。ちょっと寂しくなる。

「そんなに難しく考えることないでしょ」

美佐樹先生が声を上げた。

「アルバイトの募集をかけて、面接で良さそうな人が来たら採用する。それだけのことよ」

「でも亜海ちゃんの代わりとなると――」

「それが間違い」

美佐樹先生が大将の言葉を遮った。

「亜海ちゃんだって、ここに初めて来たときは、世の中の不幸を一人で背負っているような顔してたじゃない。仕事からはずされて彼氏に振られて。まあ本人が思っているほど周りは深刻に受け止めてはいなかったけどね」

美佐樹先生は軽い調子で言って、ホッチャレモンを口にした。

そう言えば、あの時はどん底の気分だった。灯火亭、そしてユウさんに出会わなかったどんな三年間を過ごしていたのだろう。それを考えるとゾッとする。

「皆さんにご心配していただくのはありがたいですけど、もう少し様子を見ながら考えます」

ユウさんが落ち着いた笑みを浮かべながら言った。

「それでも亜海ちゃんの後任には、俺たちがここで気持ちよく飲めるかどうかがかかっているんだからな」

杉パンさんの言葉に、大将と社長が黙って頷いた。

ありがたい話だ。皆さんがここまで仕事ぶりを評価してくれている。嬉しいと思う反面、自分がいなくなっても灯火亭の楽しい雰囲気は続いていく。当たり前のことだけど、素直に喜べない感情が胸の奥に浮かんでは消えていく。

「亜海ちゃんも、これからは灯火亭の良さを客として味わうことができるわけだ。坂本さんと一緒に来ればいいんだからね」

杉パンさんが亜海に顔を向けて言った。

亜海は、曖昧《あいまい》に頷いた。やめた後にここに来る気になれるだろうか。後任の人が、みんなに可愛がられてきぱき働いている姿を見たらどう感じるのだろう。

しょせん自分がいてもいなくても灯火亭は灯火亭。ユウさんがいるんだから当たり前だ。亜海は常連さんたちの笑顔を見ながら自分を納得させた。

それでも胸の中の寂しさは消えなかった。

仕事を終えて部屋に戻った。

大きく息をはいて、ソファーに腰を下ろした。これ以上ないほど疲れがたまっていた。

亜海は、灯火亭が休みになった翌日の十二月二十九日に奄美に帰り、今日の午後の便で東京に戻ってきた。羽田からこの部屋に直行し、すぐに着替えて灯火亭に向かうという強行軍だった。

それでも満足できる帰郷だった。

実家に帰ると、真っ先に母と兄夫婦に坂本さんのことを話した。

母は亜海の手を握り涙を浮かべて喜んでくれた。

兄の圭太《けいた》は、俺は半分あきらめていたんだぞ、と言って笑った。圭太は二十六歳の時に高校の同級生だった相手と結婚して、今は小学校四年生と二年生の姉妹の父親だ。

その夜は、家族だけでお祝いの夕食になった。黒糖焼酎のお湯割りで乾杯した。お湯割りをひと口飲んでグラスを置くと、母と義姉《あね》の由香《ゆか》が次から次に質問をぶつけてきた。坂本さんはどんな人、仕事は、なれそめは、家族構成は、新居は、式はいつ。姪《めい》っ子も生意気に質問に加わってきた。子供とは言え女の子にはたまらない話題なのだろう。

一つ一つちゃんと答えた。

兄の圭太は、ニヤニヤ笑いながら、黙ってやりとりをながめ焼酎を飲んでいる。四人の質問が一区切りついたところで、母の作った鶏飯《けいはん》が出てきた。美味しかった。灯火亭で亜海が作る鶏飯の味はまだ追いついていない。そう感じ嬉しくなった。

年が明けると、噂を聞いた同級生の梨花《りんか》と聡美《さとみ》が夫を連れてやってきた。梨花の夫の陽太《ようた》は同級生で、聡美の夫の公治《こうじ》は同じ中学校の二つ上の先輩で幼馴染《おさななじ》みだ。二組とも子供は親に預けてきたと言った。

新年と亜海の婚約を祝う言葉を受けた母が、料理と焼酎を出し、昼間から賑やかな酒盛りになった。

母や由香と同じ質問が続き、亜海は一つ一つ丁寧に答えた。そのたび公治がハトと呼ばれる指笛を鳴らした。

「式は東京でやるんだろう」

話が一段落したところで陽太が訊いてきた。

「そうなるけど、奄美でも披露宴みたいなものはやりたいと思ってるの」

坂本さんとも話していたことだ。東京は遠い。知り合いを全部招待するわけにはいかない。

「そりゃいいな。同級生集めてお祝いの同窓会やるか」

「近所のじいちゃん、ばあちゃんまで呼んだら、焼酎がいくらあっても足りないぞ」

酒宴はどんどん盛り上がっていった。

故郷はありがたい。心からそう思う帰郷になった。

奄美での正月を思い出して頬が緩んだ。何とか立ち上がりシャワーを浴びると、そのまま倒れ込むようにベッドにもぐりこんだ。

身体は疲れ切っていたが、なぜか目が冴えて眠れなかった。今度は、これまでの坂本さんとのことが頭の中でくるくる回った。

一昨年の十二月、亜海は三十一歳の誕生日に坂本さんに、これまでの自分の生き方や考え方を全て話した。

紅茶専門の喫茶店を経営している坂本さんと知り合って、一年と少しの頃だった。その頃の二人は、美味しい紅茶を飲ませるという評判の店に一緒に行ったり、店で出せそうな洋菓子店に行って実際に食べてみたり。そして二人で食事をして別れる。週に一度は、坂本さんが灯火亭に来て一杯やって、ユウさんや常連さんたちと楽しく話をしていく。

かと言って、好きと言われたこともなければ、付き合おうと言われたわけでもない。そんな関係だった。

それでも優しく、まじめな坂本さんにどんどん魅《ひ》かれていった。そんな思いも込めて話をした。

亜海の話を聞いた坂本さんは、しばらく黙り込んでから自分のことを語り出した。家族のことから始まり、これからこの店をもっとお客さんに喜んでもらえるようにしたい、そのために世界中の紅茶を直接買い付けに行ってみたい。国内に紅茶の農場を作って自分だけの茶葉を作ってみたい。そんな夢まで話してくれた。

そして最後に「美味しい紅茶を淹れる以外に取り柄がない僕だけど、良かったら、付き合ってください」そう言われ、正式に恋人としてのお付き合いが始まった。

その後の一年間で、亜海も紅茶についてはずいぶん詳しくなった。なにしろ坂本さんの話題はほとんどが紅茶のことだった。それでも亜海にとっても紅茶の知識を身に付けるのは楽しいことだった。

そして去年の十二月、亜海の誕生日に坂本さんは「亜海さんと一緒に夢を追いかけていきたい」そう言ってプロポーズしてくれた。

亜海の答えは決まっていた。

ユウさんに真っ先に報告した。

亜海は三月で灯火亭での三年の修業が終わるとユウさんから告げられている。ユウさんは店に残るのも別の道を進むのも、亜海の思うようにすればいいと言ってくれた。

数日迷い、悩んだ末に結論を出した。三月で灯火亭をやめ、坂本さんのお店で働くことにした。ユウさんも坂本さんも快く承知してくれた。

これからは坂本さんと一緒にお店を盛り上げていく。灯火亭で身に付けたことはきっと活かせるはずだ。紅茶に合うフードメニューを増やすのもいい。坂本さんが考えているオリジナルブレンドの紅茶をネット販売することもできそうだ。

灯火亭をやめて一緒に働くなら、できるだけ早く、秋までには式を挙げたいと坂本さんは言った。

亜海に異存はなかった。

今年は特別な一年になる。好きな人と一緒になれる幸せ。それは考えただけで心が弾む。その一方で灯火亭を離れることの寂しさはどうしてもぬぐいきれない。

そんな思いを振り切るように布団を頭までかぶった。その体勢を取ったとたんに深い眠りに落ちていった。


翌日、目が覚めたのは昼を過ぎた頃だった。

亜海は勢いよくベッドを出ると、大きく伸びをした。

坂本さんには奄美から帰ったらそのまま灯火亭に行くので、お店に顔を出すのは五日になると伝えてあった。

目覚めのシャワーを浴びて部屋を出た。

外は思いのほか暖かかった。昨日は寒波の影響で気温が下がったということで、南国の奄美から帰った身には寒さがこたえたが、今日は青空が広がり冬の日差しが降りそそいでいる。

商店街はまだ正月飾りで華やかな雰囲気だ。頬に当たる冬の風も気持ちがいい。足取りも軽くなる。

商店街を離れてしばらく歩くと、目指すお店の看板が見えてきた。坂本さんのお店、『ティーポット』だ。住宅街のマンションに挟まれた一軒家の一階がお店になっている。

ドアを開けて店に入った。木目調の壁が落ち着いた雰囲気を作っている。店の中には四人が座れる木製のテーブルが四つと、窓際には二人が向かい合って座れるテーブルが二つ。中央のテーブルには若い女性の三人連れ、窓際のテーブルには年配の女性が一人で座り文庫本を開いている。

テーブルとテーブルの間を広く取ってゆったりとした造りになっている。

亜海はコートを脱ぐと、真っ直ぐ正面のカウンターに向かった。

亜海が店に入った時から、カウンターの中に立つ坂本さんが笑顔を向けてくれている。今年最初に見る坂本さんの笑顔だ。

「あけましておめでとうございます」

カウンターの前に立って頭を下げた。電話でおめでとうは言っていたが、やはり面と向かって言うのは気分がまったく違う。

坂本さんも笑顔で新年の挨拶を返してくれた。

「奄美の実家はどうだった」

坂本さんの言葉を聞きながら椅子に腰を下ろした。

「奄美の美味しいものもたくさん食べたし、友達とも会えたし」

「お母さんに全部やってもらって、楽してたんじゃないのか」

「そんなことないわよ。ちゃんと灯火亭で鍛えた腕を披露してきました」

実際には、台所は義理の姉が仕切っていたし、奄美のお正月料理は今も母が中心になって作っていた。亜海が手を出す余地は、ほとんどなかった。

坂本さんは亜海の話を聞きながら、お湯を沸かした手鍋の火を止めて茶葉を入れた。茶葉はウヴァだろう。インドのダージリン、中国のキームンと並んで世界三大茶葉と言われている。

「僕たちのことは」

「ちゃんと話したわよ。母も兄もすごく喜んでくれた」

「早くご挨拶に行かないといけないね」

坂本さんは自分に言い聞かせるように頷きながら手鍋に牛乳を入れて再び火を点けた。牛乳はお茶と同じ量、そして今度は弱火のはずだ。坂本さんが火の調整をするのを見て心の中で頷く。

「それでも奄美ですからね。一泊二日ってわけにはいかないでしょ。せっかくだから奄美の素敵な所をいろいろ見てもらいたいし」

「奄美は行ったことがないから楽しみだな」

坂本さんが手鍋をスプーンでゆっくりかき混ぜながら言った。紅茶と牛乳の甘い香りが亜海の鼻先まで届いた。坂本さんは火を止めて手鍋に蓋をした。ストレートティーより少し長めに蒸らしてしっかり抽出する。

「灯火亭をやめるのが三月末だから、その後の方がいいね」

坂本さんの言葉に頷いた。残り少ない灯火亭での日々は、一日一日を大切にしたい。

坂本さんが手鍋の蓋をとり、茶葉をこしながら、白地に小さな花柄の入ったポットに注いだ。

「今年最初の一杯、ロイヤルミルクティーをどうぞ」

坂本さんがポットと一緒に同じ柄のカップを置いてくれた。

「いただきます」

小さく頭を下げてポットからカップに注いだ。甘い香りが鼻をくすぐる。

初めてこの店を訪れた時、亜海に合う一杯と言って坂本さんが選んでくれたのが、ロイヤルミルクティーだった。

スプーン一杯の砂糖を入れてゆっくりまぜた。こうするとコクが出てまろやかになる。坂本さんが教えてくれた飲み方だ。

カップを手にしてひと口いただく。やっぱり坂本さんの淹れる紅茶は美味しい。

「昨日は帰ってきてからすぐに仕事だったんだろ。疲れているんじゃないか」

「大丈夫。残り三ヶ月だから、悔いのないようにしないと」

笑顔で言ってから、カップを置いた。

三ヶ月か。やはり灯火亭を離れるのは寂しい。ユウさんからは、三年近くの間で、いろいろなことを教わった。自分でも少しは成長できたと思っている。それでも今もユウさんを頼りにしている。ユウさんがいるから安心して働ける。心優しい常連さんたちにも助けられている。

「どうしたの」

坂本さんが声をかけてきた。

「いえ、何でもない」

笑顔で首を振りロイヤルミルクティーをひと口飲んだ。

「まだ灯火亭をやめたくないと思っているんじゃないのかな」

「そんなことないわよ。今年は新しい生活が待っているんだもの。灯火亭で身に付けたことを、今度はこのお店で活かせればね。ユウさんもそう言って励ましてくれたし」

「それならいいけど」

坂本さんが何か言い足りないという感じの笑顔を向けてきた。

頷いてロイヤルミルクティーを口にした。

「相談があるんだけど、いいかな」

坂本さんが少し躊躇《ためら》いがちに言った。

「改まってなに？」

「僕もこの正月に母と姉に、結婚したい人がいると伝えてある。二人とも喜んでくれて、近くにいるならすぐに会いたいって言うんだ。亜海ちゃんの実家にもまだ挨拶していないし、少し待ってくれと言ったけど、四月からはこの店で働くから、会うこともあるだろうし」

「そうよね。私もお母さんやお姉さんがお店に来て、そこで初めましてっていうのは困るわ」

「それで、急で申し訳ないんだけど、次の日曜日に顔合わせを設定したいんだ。どうだろう」

ずいぶん急な話だ。もう少し心の準備がほしいけど。

「うちの姉貴は看護師で勤務が不規則なんだ。日曜日に確実に休めるのはこの日だけだって言うんだ。それを聞いた母が、すっかり乗り気になっちゃって、早く会いたいって」

坂本さんが申し訳なさそうな顔で続けた。

ちょっと緊張するけど、いずれはお会いするのだから早い方がいいか。変に引き延ばして印象が悪くなるのも嫌だし。

「お願いします」

小さく頭を下げた。

「二人とも基本的には、僕が選んだ人ならいい人に決まっている、という考えだから安心して」

坂本さんがほっとしたような顔で言った。

坂本さんはお姉さんとの二人姉弟《きょうだい》だ。

お姉さんが勤めている総合病院はここから遠くない。住んでいるマンションも歩いていける範囲だ。旦那さんは輸入代行の会社を経営している。

母親は、お姉さんのマンションに一緒に住んで、今年小学校に上がる六歳の女の子の面倒をみている。お姉さんの仕事柄、帰宅が遅くなることもあるので頼んで同居してもらっていると聞いている。

お母さんは七十歳を過ぎているが、膝《ひざ》が少し弱いくらいで、とても元気だということだ。体力的には問題なく、孫の面倒をみられるのを楽しんでいるそうだ。

この店は、もともと坂本さん一家が住んでいた一軒家を改装して開いている。古い一軒家だったので敷地も間取りも思ったより広かった。結婚が決まってから何度か奥に入ってこれからの生活について話し合った。

一階はお店を広く取っているので、奥のスペースはあまり残っていない。かつての台所と居間の一部だった場所は、カップやお皿などのお店関係の品や、すぐに使わない日用品などを置く物置きになっている。

生活の場は二階だ。ダイニングキッチンとバスルーム、トイレの他に三部屋ある。

一部屋は坂本さんのお父さんが亡くなった後、お母さんが一人で使っていた部屋だ。ベッドや小さな棚はそのまま置いてあり、クローゼットには季節違いの服がしまってある。今も時々、戻ってきて泊っていくことがあるということだ。

その一部屋を除いても二部屋あり、この年齢の新婚生活としては贅沢な住宅事情だ。

今は殺風景な部屋にどんな家具を入れようか、食器や調度品も少しずつ新しいのを揃えよう。一つ一つ結婚に向けて進んでいく。一番楽しく心弾む時期なのだろう。

でも……、またた。胸の中に小さな灰色の塊《かたまり》が姿を現す。

ここ数日、結婚生活のことを考えるとわけのわからない不安が胸をよぎるのだ。今もそんな形のない不安が湧いてきている。

坂本さんのことは信頼しているし、二人で一緒に歩いて行けると信じている。このお店をもっともっと素敵にする。二人で同じ夢を持てるというのも幸せなことのはずだ。

でもこの胸にじわじわと湧き上がる気持ちは何なのだろう。

「どうしたの」

坂本さんの声に顔を上げた。

「別に、ちょっと考え事をしてただけ」

無理に笑顔を作って首を振った。

「そろそろ行くわ。いったん帰って着替えてお店に行きます」

「やっぱり少し疲れているんじゃないか」

立ち上がったところに坂本さんが声をかけてきた。

疲れはひと晩ぐっすり寝て取れているけれど、胸の中のもやもやが顔や態度に表れているのかもしれない。

「大丈夫よ」

明るい声を作って答えたが、ちょっと不自然な笑顔になったようだ。坂本さんは納得していない表情だ。

今の胸の内について話をすれば、少しは楽になるのかもしれない。でも自分でも説明がつかないことをどうやって話せばいいのかわからない。

坂本さんが何か言おうとするのと同時に店のドアが開いた。年配の女性の二人連れが入ってきた。

「いらっしゃいませ」

坂本さんが声をかけた。グラスに冷たい水を入れてトレーに載せると亜海に心配そうな目を向けてからカウンターを出た。

「ごちそうさまでした」

亜海は、小さい声で言ってドアに向かった。これ以上、自分をごまかしながら話をしていると、感情が爆発しそうな予感があった。

外に出ると、いつの間にか柔らかな日差しは雲に遮られていた。冬の冷たい風が亜海の身体を包み込んだ。

コートの襟《えり》を立てて歩き始めた。しばらく歩いてから立ち止まり振り返った。ティーポットの看板が見える。

どうしちゃったんだろう。

小さくつぶやき、身体の向きを変え歩き出した。

北風がひときわ強くなったように感じた。

「亜海ちゃん、お湯ちょうだい」

小上がりから声がかかった。近くにある会社の社員さんだ。今日は三人で小さな新年会ということだ。寄せ鍋で焼酎のお湯割りを楽しんでいる。テーブルのボトルはもう半分くらいになっている。

「こっちは熱燗のお代わりね」

カウンターの男性客が徳利を持ち上げて声をかけてきた。

「承知しました」

返事をして板場に入った。

新しい年を迎えて一週間がたち灯火亭はいつもの日々に戻っている。常連さんは、大沢社長と奥さまの二人だ。いつものカウンター席でゆっくりとユウさんの料理を楽しんでいる。

残り三ヶ月弱。灯火亭の仕事をしっかりやる。今の自分にとってそれが一番大切だ。

亜海はお湯を沸かした手鍋にお酒を注いだ徳利を入れると、ポットにお湯を入れて小上がりに運んだ。

板場に戻り徳利をつまみ上げて底に指を当てた。カウンターにいったん目をやった。

このお客さんは少し熱めの熱燗が好みだ。

うん、ちょうどいい。

「お待たせしました。熱燗です」

「ありがとう。やっぱり冬はこれだよな」

嬉しそうに言ってぐい飲みに注いでくいっと飲み干す。

忙しい中でもこんなやり取りが楽しい。

「はいこれ、奥さまに」

板場に戻るとユウさんが皿を置いた。

その皿を持ってカウンターに向かった。

「お待たせしました。金目鯛《きんめだい》の西京《さいきょう》味噌漬けです」

大沢社長の奥さまの前に皿を置いた。

「まあ美味しそう」

奥さまが嬉しそうな声を上げた。

今日のユウさんのお薦め料理だ。西京味噌を味醂《みりん》と酒で伸ばして味噌床を作ってある。

酒だけでもいいが、味醂を加えると味噌の風味が立って、いっそう美味しさが増すのだそうだ。金目鯛の切り身には皮目に五ミリくらいの間隔で切り目を入れてある。味が染みやすくなるだけでなく、食べやすくなっている。今日の西京漬けは漬けてから三日たっている。一番美味しいタイミングだ。

「美味しいわ。ユウさんありがとう」

金目鯛をひと口食べた奥さまが、カウンター越しに声をかけた。

「私は焼いただけです。味噌床も金目鯛の下ごしらえも、全部、亜海ちゃんに任せました。お口にあって何よりです」

ユウさんの言葉を聞いて、奥さまが顔を向けてきて小さく手招きをした。

何事かと近づいた。

「亜海ちゃん、腕を上げたわね。旦那様になる方も、こんなお料理が出てきたら毎日が楽しいでしょうね」

周りには聞こえないような小さな声だ。

「あっ、それは……」

奥さまが来るのは久しぶりだが、社長から話は聞いているのだろう。

「おめでとう。お幸せにね」

笑顔で亜海の手をポンポンと叩いた。

奥さまにこんなことを言っていただけるのは本当に嬉しい。

「ありがとうございます」

亜海も小声で言って頭を下げた。

小上がりから料理の注文の声がかかった。亜海はもう一度、奥さまに頭を下げて小上がりに向かった。

忙しい時間はあっと言う間に過ぎる。大沢社長夫妻がお帰りになったのに続いて、日本酒を楽しんでいた男性客も席を立った。

たまった洗い物を片付け始めてしばらくすると、引き戸が開き新しい客が入ってきた。男女の二人連れ。初めて見る顔だ。

女性がダウンジャケットを脱ぎ、ここいいかしら、と言ってカウンター席に腰を下ろした。三十代後半くらいに見える。切れ長の目にショートヘアが良く似合っている。ちょっときつい感じだが、なかなかの美人だ。

連れの男性は革のジャケットを着たまま椅子に座りマフラーを取った。短めの髪をふんわりと後ろに流している。サラリーマンというより、自分で会社を経営している起業家という雰囲気を醸し出している。

二人とも下は細身のジーンズだ。お洒落だが、ちょっと出かけるという気軽な感じの服装だ。ご近所なのだろうか。

「いらっしゃいませ。お飲み物は何にいたしましょうか」

「私は生ビール。パパは」

女性が隣の男性に顔を向けて言った。やはりご夫婦のようだ。

「僕も生でいいよ」

男性が静かな声で答えた。

「じゃあ生二つお願いします」

女性客が亜海の顔を見ながら言った。言葉は柔らかいが、どこか探るような目つきだ。初めての店なのだからしょうがないか。

「このお店はお料理が美味しいって知り合いから聞いて来たの。よろしくお願いしますね」

女性がカウンター越しにユウさんに向かって声をかけた。

「ありがとうございます。お料理はいろいろありますから、楽しんでいってくださいね」

ユウさんが笑顔で答えた。

二人に驚いた様子はなかった。ユウさんのことも耳にしているようだ。

亜海は、板場に入りジョッキに生ビールを注いだ。こんな風に評判を聞いて店に足を運んでくれるというのは嬉しいことだ。

「お待たせしました」

ビールのジョッキとお通しの皿を二人の前に置いた。

「いただきます」

二人が軽くジョッキを合わせてビールを口にした。

女性がお通しに箸を伸ばした。

「あら、美味しい」

カウンターの端の方に立っている亜海に顔を向けてきた。

「大根の柚子《ゆず》胡椒《こしょう》和えです」

「これはビールに合うわ」

ジョッキを手に取り美味しそうに喉をならした。

「こんなお料理がさっとできたら、家で飲むときもいいんだけれどね」

女性が皿に目を向けながら言った。

「ご家庭でも簡単に作れますよ」

亜海が近づいて声をかけると女性が顔を向けてきた。

「大根は十センチ弱くらいの長さで、ピーラーでスライスした後に半分の短冊切りにすると楽ですし、味のなじみがいいんです。後は出汁を大さじ一、醬油小さじ一、柚子胡椒はお好みで加減してください。これをボウルに入れて和えれば出来上がりです」

「簡単って言えば、簡単ね。でも大切なお店のレシピを教えちゃっていいの」

「特別な秘密があるわけじゃありませんから。大根は水が出やすいですから、作ったらすぐに食べるのがお勧めです」

「じゃあこれも、作り立てなのかしら」

「簡単なレシピですから」

亜海が言うと、女性客は料理に目を移し、感心したように何度も頷いた。

「何かお料理お作りしましょうか」

「豆腐のステーキってどんな味付けなのかしら」

女性が壁に貼ってあるお品書きを見ながら言った。

「お豆腐を――」

「ちょっと待って」

女性が亜海に視線を移して言葉を遮った。

「レシピはけっこうよ。どんな料理が出てくるか楽しみにしてるから。お願いね」

亜海は板場に入り、ユウさんに注文を通した。

「お豆腐のステーキは亜海ちゃんお願いね」

「承知しました」

これはもう何回も作ったことがある。手早く豆腐と薬味の用意をした。豆腐は半丁を五ミリくらいの厚さで四つに切った。

浅めの土鍋にバターを入れて中火にかける。溶けた所に豆腐を並べていく。塩、胡椒、それに出汁を少し振りかけて蓋をした。火加減は弱火だ。しばらくすると蓋の穴から湯気が出てきた。蓋をとり醬油をほんの数滴、バターと醬油の香りが立ち上がる。そして薬味。長ネギの青い部分の小口切りと削り節を振りかける。削り節は糸がきと呼ばれる細く削ったものだ。はい完成。

ユウさんを見た。笑顔で頷いてくれた。この笑顔があるから自信を持って料理を出すことができる。

「お待たせしました」

蓋をとった鍋をカウンターに置いた。食べやすいようにレンゲを二つ添えてある。

「いい香り。バターとお醬油ね。豆腐にこんな食べ方があったんだ」

女性が顔を向けてきた。

亜海が、はい、と答えると女性は隣に顔を向けた。

「ほらパパの好きなお豆腐、美味しそうよ」

「ほう、いい香りだな」

興味をそそられたようだ。レンゲを手にすると薬味を載せた豆腐をひと口食べた。

「ああ、これは旨い。ビールに合うな」

大きく頷いてジョッキに手を伸ばした。

女性も同じようにレンゲで豆腐を口にした。

「バターを使ったお豆腐料理は初めてだわ」

「作り方、お教えしましょうか」

「だめだめ、そんなもの聞いたら、この人が家で作れって言い出すから。これはここでのお楽しみにします」

女性が微笑んだ。お店に入ってきてから最初の笑顔だ。灯火亭の雰囲気になじみ始めていただけたかな。

「もう一杯飲むか」

「そう来なくっちゃ。久しぶりに二人で飲むんだから、楽しまないと」

「だったら、きみこそ面倒なことは忘れた方がいいんじゃないか」

「余計なこと言わないで」

女性が慌てたように言って亜海に顔を向けてきた。

「生ビール二つ、お代わりお願いします」

しばらくして、女性から鶏団子《とりだんご》とキノコの鍋のオーダーが入った。ビールを飲み終えた二人は、鍋に合わせて焼酎のお湯割りに変えた。話も弾んでいるようだ。

亜海は、カウンターの奥に立っていてふと視線を感じて顔を向けると、陶器のコップを手にした女性と目が合った。女性は、ちょっと慌てたような表情を見せてから、にっこり笑いかけてきた。亜海も笑顔で小さく頭を下げた。

どこかで会ったことがある人だったかな。頭の中の記憶を素早く探ってみたが覚えはなかった。

引き戸が開き、大将が入ってきた。

「亜海ちゃん、日本酒ね」

カウンターに腰を下ろすなり声をかけてきた。

「いらっしゃいませ。今日も熱燗でよろしいですか」

「うん、それと出汁巻き卵、トマトの入ったやつね」

「承知しました」

「最近は、出汁巻きも亜海ちゃんが作るのかい」

「大将」

ユウさんがカウンターの向こうから声をかけてきた。

「いまさら何を言っているんですか。もうずいぶん前から出汁巻き卵は亜海ちゃんが作っていますよ」

「それは失礼。亜海ちゃんも成長したね。ユウさんの出汁巻きと味は変わらないよ」

「そうでなければ、お客さまにお出ししませんよ」

「それは重ね重ね失礼しました」

大将が言って笑い声を上げた。


「ごちそうさま」

女性客が立ち上がった。

「ありがとうございました。またいらしてくださいね」

ユウさんが声をかけた。

お勘定を済ませた二人が引き戸を開けた。亜海は近くに立ち二人を見送ろうとした。

女性が店を一歩出たところで立ち止まり振り返った。

「亜海さんておっしゃるのよね。少しいいかしら」

なんだろう。話を聞くのはいいけど、引き戸を開けたままではカウンターの大将に冷たい風が当たってしまう。亜海は振り返りユウさんを見た。ユウさんが小さく頷いた。

亜海は二人と一緒に外に出て引き戸を閉めた。

「ごめんなさい。何も言わずに帰るつもりだったんだけど。あなたに申し訳なくて。気を悪くしないで聞いてくれるかな」

　ずいぶん真剣な表情だ。

「私、斉藤明美《さいとうあけみ》といいます」

　斉藤さん、記憶を探っても出てこない。

「坂本研一の姉です」

　えっ、何それ。意味がわからない。どういうこと。坂本さんて、あの坂本さん。研一さん。お姉さん。隣にいるのは旦那さん。そういうことですか。

　これはだめ、ずるい。何も知らない私を見に来たということなの。明後日《あさって》は顔合わせをするのに。わざわざなんで今日。頭の中が真っ白になった。

「本当にごめんなさい。あなたとお店のことは研一から聞いていたの。想像以上にいいお店だった。なにより亜海さんは研一が話す以上に素敵な女性だった。だから黙って帰る気にならなかったの。本当にごめんなさいね」

　明美と名乗った坂本さんのお姉さんが半歩近づいてきた。

「あの、いえ、別にお店に来ていただいて困ることはありませんけど。ちゃんとご挨拶もしていないし……」

もし店で変な姿を見せていたらどうするつもりだったのだろう。顔合わせの席ですましていても、あなたの本性は知っているわよ、そう言うつもりだったのだろうか。胸の中に黒い雲が湧き上がってくる。ちょっと意地が悪くありませんか。

「本当にごめんなさい。悪気はなかったのよ。研一が好きになった人に早く会いたくて……」

「わかりました。ちゃんとしたご挨拶は明後日させていただきます。お店に戻らないといけないので」

亜海は静かに言って頭を下げた。

店に入り後ろ手で引き戸を閉めた。働いている姿を見られるのはいいけれど、こんな不意打ちみたいな形は嫌だ。

「亜海ちゃん」

大将が声をかけてきた。

「どうしちゃったんだい。お酒のお代わりちょうだい」

大将が手にした徳利を振った。何度か声をかけられていたのかもしれない。

「ごめんなさい。すぐお持ちします」

早足で板場に入った。

手鍋をコンロにかけて火を点けた。そこで身体が止まった。

「何かあったの」

ユウさんがさりげなく近づいてきて小声で言った。

「いえ、仕事とは関係ないことでした」

鍋を見たまま答えた。

「もしかしたら、坂本さんのお身内の方？」

ユウさんの言葉に驚き顔を向けた。

「どうしてわかったんですか。坂本さんのお姉さんでした」

「そう」

ユウさんは何でもないことのように頷いた。

「どうしてわかったんですか」

「あの方の亜海ちゃんを見る目が、ただの従業員を見る目じゃなかったわ。最初は何かを窺《うかが》うような感じだったけど、途中からあなたを見ては嬉しそうな表情をしていたの」

「それだけで」

「鶏団子とキノコの鍋で、もしかしたらと思ったのよ。あなたが初めて坂本さんにお薦めした料理でしょ。この冬も何回か注文してくださったわね。お姉さまもそれを聞いていたのじゃないかしら」

だからって坂本さんの身内と気付くものなのだろうか。

「ご満足いただけなかったのかしら」

ユウさんが微笑みを浮かべたまま言った。

「いいえ、とてもいいお店だと言っていただけました。でも……」

「名乗らずにいたのが嫌なの？」

「ちょっとひどくありませんか。なんかこっそりアラ捜しされてるみたいで」

「お湯、大丈夫？」

ユウさんが落ち着いた声で言った。

「あっ」

鍋のお湯がぐらぐら沸き立っている。急いで火を止め、ひと息置いてお酒を注いだ徳利を入れた。

「良かったのじゃないかしら」

ユウさんが声をかけてきた。

顔を向けると、いつもの優しい笑顔だ。

「今のあなたの一番魅力的な姿を見ていただけたのですものね」

どういう意味ですか。

「ここで働いているあなたは、本当にしっかりしていて魅力的な女性よ。お姉さまもそれは感じてくださったのじゃないかしら」

そう言えば、しきりにごめんなさいを連発していた。本当に悪気はなかったのかな。

「それに最初から坂本さんのお姉さまだとわかっていたら、いつものように働けたかしら」

きっと緊張して変なところを見せてしまっただろう。

「そうですよね。しっかり働いている姿を見ていただけたから、次にお会いする時に、緊張しないで済みます」

亜海の言葉にユウさんは笑顔で頷き、板場の定位置に戻っていった。

ユウさんの横顔をじっと見た。いつもならユウさんの言葉で胸がすっきりするはずだ。

でも今日はすんなり解決とはいかなかった。ユウさんには笑顔を見せたが、胸の中に灰色の塊が一つ増えた感じだった。

徳利を持ち上げ布巾《ふきん》で拭いてお盆に載せた。

「あれ、こりゃあぬる燗だな」

手酌で一杯やった大将が徳利に目を向けたまま小声で言った。

「ごめんなさい。つけ直します」

亜海は慌てて徳利に手を伸ばした。

「いいよ、いいよ、これはこれで酒の味がよくわかるんだ」

大将が亜海より先に徳利を手に取り手酌でぐい呑みに注いだ。

「本当にごめんなさい」

亜海は身体を直角にして頭を下げた。

「そんなに気にすることないって」

大将が笑いながら、くいっとぐい呑みをあおった。

亜海はもう一度、ごめんなさい、と言って板場に入った。コンロの上の鍋に目をやった。そう言えばお燗の具合を確認せずに出してしまっていた。こんなことは、お燗番を任されてから初めてだ。お客さまの好みの燗具合も覚えて、これを灯火亭の密かな売り物の一つと思っていた。たかがお燗、されどお燗。亜海にとってはそういうことだった。顔を上げ横を見た。ユウさんと目が合った。だまって亜海をみつめている。恥ずかしさと申し訳なさで顔を伏せた。しばらくして顔を上げるとユウさんはいつもと変わらない様子で包丁を使っていた。

亜海は何も言えず、もう一度顔を伏せた。

部屋の時計に目をやった。午後一時を過ぎたところだ。食欲はまったくなかった。坂本さんのお姉さんの突然の来店やユウさんと大将に見せてしまった失態。昨日のことが頭の中から離れずため息しか出てこなかった。

ぼんやりと窓の外を見ているとスマホが震えた。坂本さんからＬＩＮＥが入った。都合がいい時にお店に来てほしい、という内容だった。

こんな気分のまま会うのは気が重いけど無視するわけにはいかない。いつものように、子熊が笑顔で、ＯＫ、と言っているスタンプを返した。気持ちとは裏腹な子熊の笑顔をしばらく見つめた。

それにしても、こんなメッセージが来るのは珍しい。何かあったのかな。

お姉さんが灯火亭に来たことは知っているのだろうか。もし知らなかったら何と言って伝えたらいいのだろう。告げ口したみたいにならないだろうか。なんだか面倒だ。全てを放り出してしまいたいような気になった。このままベッドにもぐり込んで布団をかぶってじっとしていたい。

「そうもいかないか」

声に出して重い腰を上げた。

坂本さんの店までは歩いて二十分ほどだ。できるだけ余計なことを考えないようにした。

店の前まで行くとそのままドアを押した。一歩入ったところで正面のカウンターの中にいる坂本さんと目が合った。客の姿はない。

「ごめん」

亜海がカウンターの前まで進むと、坂本さんが頭を下げた。

「どうしたの。何かあったの」

亜海が慌てて訊くと、坂本さんが顔を上げた。

「今日の昼前に姉貴から電話があったんだ。昨日、灯火亭に行ったたって」

そうか、そういうことか。

「勝手なことをするなって電話で怒鳴っちゃったんだ。姉貴の性格だから喧嘩になるかと思ったけど。ごめんなさいって素直に謝るから拍子抜けしちゃったけどね。亜海さんに悪いことした。嫌われていないかってずいぶん気にしていたんだ」

「だったら、何も気にしていませんって伝えて」

「気を悪くしたんじゃない？」

そりゃあ当然そうなりますけど、それを言ってもはじまらない。

「大丈夫よ」

「それならいいけど」

坂本さんは小さな声でもう一度、ごめんね、と言うと手鍋を置いたコンロに火を点けた。

亜海は椅子に腰を下ろし手鍋に目を向けた。あまりしゃべると余計なことを言いそうだ。

お湯が沸いた。坂本さんが手鍋に入れたのは茶葉ではなかった。香料のカルダモン、そしてシナモン。

今日はチャイだ。

しばらくするとナモンの香りが穏やかに流れてきた。

「お待たせしました」

目の前にカップが置かれた。

「いただきます」

小さく頭を下げてひと口いただいた。

香料と茶葉のバランスがいい。砂糖を入れているが甘すぎずコクが出ている。坂本さんの紅茶を飲むと気持ちが落ち着く。

「謝った後で悪いんだけど、ちょっといいかな」

坂本さんが少し言いにくそうに言葉をかけてきた。

亜海は黙ったまま坂本さんを見つめて次の言葉を待った。

「昨日の昼間、ここで話をしている時、ちょっと様子が変だったから心配していたんだ」

そのことか。

坂本さんが少し視線を逸らして難しい顔をして話を続けた。

「昨日だけじゃないよね」

すっと顔を向けてきた。

「結婚を決めてから、二人でいる時に突然うわの空になって、僕の話を聞いていないことが何度かあったよ」

知らず知らずのうちにそんな態度を取っていたのかもしれない。

「ごめんなさい。そんなつもり全然なかった」

「もしも、もしもだけど、結婚について何かわだかまりがあるのなら、話してくれないかな。大事なことだから焦る必要はない。うちの家族と会うのも急にお願いしちゃったしね。先に延ばしてもいいいんだよ」

「別にわだかまりなんかない。結婚は楽しみにしてるわよ」

それは本当のことだ。でも胸の中の灰色の塊については説明ができない。

「昨日、お姉さんと顔を合わせたのはイレギュラー。明日は新たな気持ちでご挨拶させていただきます」

亜海はちょっと気取った言い方をしてカップを置くと坂本さんに向けて笑顔を作った。

坂本さんも笑顔を見せたが納得しているようには見えなかった。

その笑顔を見ているのはつらい。さりげなくチャイの入ったカップに視線を落とした。

顔合わせの日が来た。

亜海はティーポットのテーブル席に一人で座っている。お店は休みなので、他には誰もいない。

坂本さんはカウンターの向こうで、紅茶とケーキの準備をしている。

腕時計を見た。約束の一時まで、あと十分ほどだ。

立ち上がって服装に乱れがないか確認した。

坂本さんからは、正式な両家の挨拶じゃないから、堅苦しい挨拶は必要ないし、普段着でいいからね、と言われている。それでも何を着るかはずいぶん悩んだ。結局、膝丈のブルーのワンピースに小振りのネックレスという、無難な感じの服を選んだ。メイクはいつも通りのナチュラル系、清潔感が第一。

うん、大丈夫。椅子に腰を戻した。

少し喉が渇いてきた。坂本さんに言って、お水をもらおうか。そう思って腰を浮かしかけた時に店の扉が開いた。先日お店で会ったお姉さんが入ってきた。

そのまま立ち上がり身体を向けた。

「亜海さん、この前は本当にごめんなさいね」

お姉さんが早口で言いながら近づいてきた。

「研一だけじゃなくて、母にも怒られちゃった」

お姉さんが笑顔を歪めた。

「いえ、お気になさらないでください」

すぐ後ろから年配の女性が入ってきた。坂本さんの母親だろう。小さな女の子と手をつないでいる。最後に入ってきたのがお姉さんの旦那さん。灯火亭で顔を合わせている。今日は濃紺のスーツにノーネクタイというスタイルだ。穏やかな微笑を浮かべながら、亜海に向かって頭を下げた。

亜海はお姉さんに小さく頭を下げると、入り口の近くでコートを脱いでいる母親に歩み寄った。

「初めてお目にかかります。城亜海と申します」

頭を下げた。

「初めまして。研一の母の雅子《まさこ》です」

頭を上げると上品そうな笑顔と目があった。七十一歳と聞いているが年齢よりもだいぶ若く見える。

「先日は、明美が失礼なことをして。本当にごめんなさいね」

お母さんが困ったような顔で言った。

「本当に無作法な娘で母親として恥ずかしい」

最後のひと言は亜海の肩越しにお姉さんに向けて言った。

「お気になさらないでください。私の仕事場は、どなたでも大歓迎の街の居酒屋ですから」

「明美から聞いたけど、お料理が美味しくて落ち着いたいいお店だそうね。私も行ってみたいわ」

「ぜひ、おいでください。お待ちしています」

お姉さんがフライング気味とはいえ、灯火亭に来たおかげで、初対面のお母さんともスムーズに話ができた。

「さあ、みんな立ってないで座って」

カウンターの中から出てきた坂本さんが声をかけた。

今日は、お店の中央に四人掛けのテーブル二脚をくっつけて並べてある。いったんカウンターの中に入った坂本さんがトレーを持って出てきた。五人の前にティーカップが並んだ。お嬢ちゃんはオレンジジュースだ。

坂本さんが改めて双方を紹介してくれた。お姉さんの旦那さんは、斉藤圭司《けいじ》さん、輸入代行の会社を経営していると聞いている。娘は沙羅《さら》ちゃん、六歳でこの四月に地元の小学校に入学する。

坂本さんがちょっと姿勢を正して、みんなを見回し、四月からこの店で一緒に働き、できれば秋には式を挙げたいと言った。

「私から言うことは何もありませんよ。二人でちゃんと考えて進めてくれたら、それでいいわ。一度、奄美にご挨拶に伺わないといけないわね」

お母さんが穏やかな笑顔を亜海に向けてきた。

「まずは僕が奄美に行って結婚の許しをいただくから、その後だね」

「奄美は行ったことないから、私も行きたいな」

お姉さんが圭司さんに顔を向けて言った。

圭司さんは小さな微笑を返した。

「実は、もう一つ相談というか報告があるんだ」

坂本さんがちらっと亜海に目を向けてから言った。

「四月から彼女に店を手伝ってもらうのに合わせて、ここで一緒に暮らそうと思っている」

これは坂本さんと亜海が相談して決めたことだった。灯火亭をやめてここで働き始めても、お給料をもらえるわけではない。だがそうすると今住んでいるマンションの家賃を払うのは難しい。

「できるだけ節約して生活していきたいんだ」

坂本さんがお母さんに顔を向けて言った。

「いいんじゃないの」

答えたのはお姉さんだった。

「いまどき、それくらいのことで驚くことないもの。ちゃんと結婚するならそれもありでしょ。ねえ」

同意を求められた圭司さんが表情を変えずに小さく頷いた。

「お母さんもそれでいいよね」

お姉さんが声をかけると、お母さんは大きく息をはいてから坂本さんに顔を向けた。

「もういい歳の大人だから、それは構わないわ。でもちゃんと奄美のご家族にご挨拶して、一緒に暮らすことも報告してからにしなさい。私の条件はそれだけ」

「ありがとう」

坂本さんが小さく頭を下げてから亜海に顔を向けて微笑んだ。

「住まいと二人の仕事場が一緒なのは便利ね」

お姉さんが店の奥を覗き込むようにして言った。

「もっとも朝から晩までずっと顔を合わせているって、新婚のころはいいけど、そのうち疲れちゃうかもしれないわよ」

お姉さんが顔を戻し、亜海と坂本さんの顔を交互に見て笑った。

「二階は三部屋あるんだったよね」

圭司さんが初めて口を開いた。

「そうですよ。どれも六畳くらいだから、広くはないですけどね」

坂本さんが言うと、圭司さんは、そうか、と言って頷き、また黙ってしまった。

「部屋の使い方はまだ決めてないけど、母さんの部屋はそのままだから、いつでも帰ってきてよ」

「新婚家庭にお邪魔するほど野暮じゃありませんよ」

お母さんがすました顔をしてティーカップに手を伸ばした。

「お母さんには、しばらく沙羅の面倒見てもらうつもりだから、当分は二人でゆったり暮らしなさい」

「この子は親をいいように使って。どうしようかしら」

お母さんが笑顔でお姉さんを睨んだ。

「おばあちゃん、いなくなっちゃやだめだよ」

沙羅ちゃんが顔を上げて言った。

お母さんの相好《そうごう》がこれ以上ないほどくずれた。

「大丈夫よ。おばあちゃんはずっと沙羅ちゃんと一緒よ。嬉しいこと言ってくれるわね」

お母さんが沙羅ちゃんの頭を撫でながら続けた。

「これじゃあ当分、ここには帰ってこれないわね」

お母さんが笑顔でみんなの顔を見回した。

それからは、お母さんが控えめに、亜海の家族のことなどを訊いてきた。家族構成や母と兄の仕事のことなどを細かく話した。父が早くに亡くなっていることは坂本さんから聞いているようだった。

そのことに話が及ぶと、お母さんは、ご苦労なさったでしょうね、と言って優しい表情で何度も頷いた。自分の身と重ね合わせているのだろう。

「研一、大切なお嬢さんなんですから責任重大よ」

お母さんが研一さんに顔を向けて言った。

「わかってるよ。大丈夫だから任せて」

坂本さんが苦笑いで答えた。

場が少ししんみりしたところで、お姉さんが話を引きとった。坂本さんが小さい頃どんな子供だったかを、面白おかしく話してくれた。お姉さんの話で一気に場が明るくなった。

緊張感は捨て去れないが、リラックスして話を聞けた。お姉さんの明るい性格がわかり、灯火亭に来たことのわだかまりも解けていった。

あっという間に二時間以上がたっていた。

「さて、そろそろお開きにしましょうか。研一、奄美へのご挨拶の件、ちゃんと進めてちょうだいね」

「わかってるよ」

お母さんが立ち上がるのに合わせて全員が腰を上げた。

「亜海さん、研一のこと、よろしくお願いしますね」

亜海の目を正面から見てお母さんが言った。

「こちらこそ、よろしくお願いします」

亜海は深々と頭を下げた。

「今度は友達と一緒にお店に行かせてもらうわね。ユウさんともいろいろ話をしてみたいわ。なんか不思議な魅力のある方ね」

お姉さんが亜海の肩に手を置いて言った。

「ぜひ、いらしてください。お待ちしています」

お母さんが沙羅ちゃんにコートを着せている。

圭司さんが坂本さんに、じゃあこれで、と言って最初に店を出て行った。

亜海は店の外まで出て、みんなを見送った。お母さんは膝の具合が少し悪いと聞いているが、長い時間同じ姿勢でいたせいか、少し左足を引きずっているように見える。

四人が角を曲がり姿が見えなくなると、亜海は大きく息をはいた。一気に疲れが襲ってきた。

「お疲れさま」

坂本さんが声をかけてきた。

店に戻りテーブルの上のカップやお皿を片付けた。

「洗い物は後でやるから、座っていて」

坂本さんが言って、新しい紅茶を淹れる準備を始めた。

申し訳ないけど、お言葉に甘えさせてもらおう。亜海はきれいに片付いたテーブル席に腰を下ろした。

ほっと一息つきたいところだが、本当に大丈夫だったのだろうか。今日の会話を頭の中で再生した。特に自分が何を言ったかを思い出そうとした。緊張していたせいか、ほとんど思い出せなかった。

「お待たせしました」

坂本さんがトレーに載せて運んできたティーポットとカップをテーブルに置き、椅子に腰を下ろした。

微かな香りが漂ってきた。どんな茶葉を選んでくれたのかな。香りに神経を集中させた。

「もういいかな」

坂本さんがポットを持って亜海の前のカップに注いでくれた。

甘い香りが広がった。ちょっと経験のない香りだ。

「リンデンのハーブティーだよ」

坂本さんが教えてくれた。

「ヨーロッパが原産のリンデンの花と葉を使ったハーブ。緊張緩和、リラックス効果があると言われているんだ」

なるほど、今の亜海には一番必要な効能だ。

「いただきます」

ティーカップを持ち、香りを確かめてからひと口いただいた。

香りは甘いけど、味はさっぱり系だ。気持ちが落ち着いていく。

「効果ばつぐん。なんかリラックスしてきた」

亜海が言うと坂本さんは苦笑いを浮かべた。

「さすがにそれほど早く効果は出ないよ。でも温かいお茶は心を鎮めてくれる。それは間違いないね」

坂本さんの言葉に頷きリンデンティーを口にした。

「おふくろも姉貴も、亜海ちゃんのこと気に入ってくれたみたいだ」

「本当にそうかな」

カップを置いて坂本さんに顔を向けた。

「面と向かって何も言わなかったけど、変な娘だと思われていないかな」

「どうして」

「なんか、緊張していたのにスムーズにいき過ぎて、ちょっと怖いな」

「大丈夫だよ。姉貴は灯火亭で働いている亜海ちゃんを、えらく気に入ったみたいで、おふくろにも話をしたらしい。それが良かったたってことは、亜海ちゃんの本当の姿を知ってもらえたってことにもなるのかな」

「だったらいいけど」

リンデンティーをひと口飲んで、もう一つ気になっていることを訊いた。

「お兄さんの圭司さんて、いつもあんなに物静かな感じなの」

「確かに今日はあまりしゃべらなかったね。それでも自分で会社を立ち上げてバリバリやっている。この店を始める時も準備段階から、ずいぶん相談にのってもらったんだ。頼りになる兄貴さ」

坂本さんの言葉に頷く。お姉さんは看護師として働いている。沙羅ちゃんも両親やおばあちゃんの愛情を受けて素直ないい子だ。いい家庭なんだ。改めてそう思った。

「少し休んだら、夜は美味しい物を食べに行こう」

坂本さんが明るい声をかけてきた。

そうだ。お母さんとの初の顔合わせを無事終えたんだから、美味しい物くらい食べないと。

今は余計なことは考えないようにしよう。自分に言い聞かせてリンデンティーのカップに手を伸ばした。

金曜日の夜だというのに、午後九時を回ったところで、客の姿はなくなった。

亜海は、板場の流しで洗い物を始めた。

坂本さんの家族と会って五日がたっている。あれから毎日ティーポットに顔を出して、これからのことを話している。奄美に行くのは、亜海が灯火亭をやめてすぐということになった。店には近くの大学の学生がよく来るので、休むなら大学が春休み中の四月上旬ということで、亜海が実家と調整することになった。ご家族と会ったことで話が具体的に進んでいる。

引き戸が開いた。

「あら、今日はずいぶん寂しいわね」

美佐樹先生が店の中を見回して言った。

「いらっしゃいませ。さっきまでお客さまはいらしたんですよ」

亜海は、カウンター席に座った美佐樹先生の前におしぼりを置いた。

「ホッチャレモンでよろしいですか」

「今日はお酒、熱燗でね」

「珍しいですね」

「外に出てみなさい。急に寒くなってるわよ。ホッチャレモンじゃ家に帰りつく前に醒めちゃうわ」

美佐樹先生が視線をユウさんに移した。

「ユウさん、何かおいしいお鍋いただけるかな。お薦めのやつ」

「まだ美佐樹先生が召し上がったことがないお鍋がいいですね。何があるかしら」

ユウさんがお燗をつけている亜海に顔を向けてきた。

私に振ってきますか。

ユウさんはお通しに使うつもりなのか、ちりめんじゃこを手元に置いている。

「それ、ちょっと待ってください」

声をかけると、ユウさんが小さく首を傾げた。

「それ、お鍋にいただきます」

亜海が言うと、ユウさんは手元のちりめんじゃこに目をやってから、亜海に目を戻しにっこり笑って頷いた。

美佐樹先生に出す鍋はこれで決まりだ。

一人用の土鍋を火にかけた。ごま油を注ぎ、みじん切りにした長ネギを炒める。ここにちりめんじゃこを入れて軽くひと混ぜ。水をカップ一杯、味付けは塩だけだ。これを煮立たせ、四つに切った豆腐を入れる。

ここからが肝心。たっぷりの海苔《のり》を細かくちぎって鍋に投入。海苔が溶けるまで弱火でじっくり煮るのがコツだ。

いい具合になってきたら、胡椒を少々、長ネギの青い部分をみじん切りにしてパラリ。最後に、ごま油を小さじ一杯。

はい、できあがり。

板場を出て美佐樹先生の前に鍋を置いた。

「お待たせしました。豆腐とおじゃこの海苔鍋でございます」

ごま油と海苔の香りがほんのり漂っている。

「へえ、これは食べたことないわ」

美佐樹先生が、レンゲでじゃこと海苔が混ざったスープをひと口飲んだ。

「面白い味ね」

頷きながら言うと、今度はレンゲで豆腐をひと口、海苔とじゃこもたっぷり載っている。

「うん、海苔の香りがすごく引き立っている。日本酒にぴったり」

美佐樹先生がぐい呑みでお酒をくいっといった。

「今日は、一本で終わりにしようと思っていたけど、これは止まらないわ」

こんな風に喜んでいただけると、本当に嬉しくなる。

「亜海ちゃん、ユウさんの元で三年間修業した甲斐があったわね」

美佐樹先生が優しい笑顔を向けてきた。

「式の日取りとかは決まったの」

「いえ、それはまだですけど、秋にはと思っています。いろいろと準備は大変そうですけど、何とかなると思います」

「心の準備はできたのかしら」

美佐樹先生が笑みを深くして訊いてきた。

心の準備って何をすればいいのだろう。

一番楽しいはずの今の時期なのに、時々、顔を出す不安を片付けておかなければいけないのかな。そんなことを考えたら、また胸の中がもやもやしてきた。

「どうしたの」

美佐樹先生が亜海の顔を覗き込むように首を傾げた。

「不安なんです」

「何が？」

それがわからないから不安なんです。口には出せず見つめ返した。

美佐樹先生が笑顔を引っ込めると身体の位置を戻して、手酌で日本酒を一杯飲んだ。

「新しい道に一歩踏み出す時に、不安になるのは当然のことよね。ましてや結婚という人生で一番大切なことを前にしているんですからね」

美佐樹先生が言うと、ユウさんが顔を向けてきた。

「何に不安を感じているのか自分でもわからない。そういうことのようね」

ユウさんの言葉に黙って頷いた。きっと情けない顔をしているのだろう。そう思ったがどうしようもなかった。

「それをそのまま坂本さんに言ってごらんなさい。不安は胸の中にしまっておくと勝手に大きくなっていく。でも信頼できる人に話すと、それだけで不思議になるくらい消えていくものなのよ。大丈夫、彼ならきっと受けて止めてくれるわよ」

ユウさんが亜海を真っ直ぐ見て言った。優しくて厳しいユウさんの目だ。

「そうですよね。私には坂本さんがいます」

「あらあら、結局のろけで終わるの。真面目に相手して損しちゃった。せっかくのお鍋が冷めちゃう」

美佐樹先生が、大袈裟なため息をつくと、ぐい呑みを手にしてくいっと一杯喉に流し込んだ。

「亜海ちゃん、お酒お代わり」

「はい、熱燗、すぐにおつけします」

亜海は徳利を受け取り板場に入った。

「お燗がついたら、それを飲んでる間に鶏飯作ってちょうだい。きょうはそれで締め。いいわね」

「はい、承知しました」

板場から返事をして鶏飯の準備を始めた。

「亜海ちゃんの鶏飯、あと何回食べられるのかしらね」

美佐樹先生がつぶやくように言った。

その言葉を聞いて急に寂しさが胸に広がってきた。でもみんな応援してくれている。あと二ヶ月半、灯火亭で悔いのない日々を送ろう。それが皆さんへのご恩返しだ。

鍋から徳利を持ち上げ、底に指をあてた。

うん、いい具合の熱燗だ。

仕事を終えて灯火亭を出た。スマホを見ると坂本さんからＬＩＮＥが届いていた。相談したいことがあるので、明日、店に来てほしいということだった。

明日は坂本さんに会って、胸にくすぶる不安について話をするつもりだったのでちょうどいい。どう話せばいいのかはまだわからないが、気持ちをストレートに話して、喜びだけではなく不安も共有できれば解決の糸口は見つかるのかもしれない。

でもなんだろう。こんなメールは初めてだ。急な用事だろうか。

電話をしようかと思ったが、坂本さんは早寝早起きの人なので、この時間には電話をしないのが暗黙のルールになっている。

しばらく歩いて立ち止まった。もしかしたらお母さんやお姉さんが、亜海を気に入らなかったのでは。そんなことを考えると焦りと不安が胸の中を駆け巡る。スマホを握り直した。少し考えてから腕時計を見た。やっぱり電話はやめておこう。明日になればわかるんだから。自分に言い聞かせて歩き出した。

再び立ち止まった。気になる。ＬＩＮＥの返信だけしてみよう。

『了解。私も話したいことがあるのでちょうどよかった』

送信した。直後にスマホが震えた。坂本さんからだ。慌ててスマホを耳に当てた。

「亜海です。ごめんなさい。起こしちゃったかな」

「いや、まだ起きてた。少し考え事をしていたんで」

「何かあったの」

しばらくの沈黙があった。

「明日、ちゃんと話す。ゆっくり話したいんで悪いけど店が始まる前に来てくれるかな。ごめんね。おやすみ」

それで電話は切れてしまった。

亜海は耳から離したスマホを見つめた。

何があったんだろう。やっぱりお母さんかお姉さんが、亜海との結婚にストップをかけたのだろうか。

路地を吹き抜ける風が急に強くなってきた。亜海はマフラーを口元まで上げて家路についた。

どうとらえていいのかわからない。

亜海は黙ったまま坂本さんを見つめた。

「結婚そのものについては何も問題ないんだ。でも少し考えなければいけないかもしれない」

坂本さんが困惑を隠せない様子で言った。

亜海は、開店前の午前八時過ぎにティーポットを訪れた。昨夜はほとんど眠れなかった。

坂本さんは結論を先に言った。義理の兄の圭司さんが経営している会社が倒産したというのだ。大口の取引先だった会社が突然倒産し、そのあおりを受けて連鎖倒産に追い込まれたという。

都内を中心に首都圏でレストランチェーンを経営する会社が、高級路線のイタリアン・レストランを都内に数軒オープンするということで、店で使う家具や食器、グラスなどの注文をまとまった数で受けた。

この会社からは、これまでも何度か大口の仕事を受けていたので信用していた。ところが、海外から品物が届き、納入する直前になってこの会社が倒産してしまった。イタリアン・レストランは赤字経営を立て直すための最後の大勝負だったが、オープンを前に資金繰りが追い付かなくなったということだった。

注文を受けた品目が多岐にわたっていたので、業界の仲間にも仕入れを手伝ってもらった。彼らには代金を払わなければならないが入金はない。少々の損を覚悟で引き取り先を探したが、かなりこだわった品が多かったので、ほとんどが捌《さば》けずに残ってしまった。倉庫代もかさんでいくばかりだ。銀行から借りている運転資金の返済なども重くのしかかっているという。

「それで昨日の夜、姉貴と二人でここに来て相談を持ちかけられたんだ」

坂本さんが少し言いにくそうに、いったん言葉を切った。

「どんな相談だったの」

「兄さんは、ここまで会社を続けてこられたのは、昔からの仕事仲間の助けがあったからで、彼らには絶対に迷惑をかけたくない。そう言っている」

その気持ちはよくわかる。それで肝心の相談の中身はなんだったの？

「マンションも車も売り払って、借金をできるだけ返したいということなんだ」

ということは、どういうこと？

「会社を再建するまでの間、この家に家族で住まわせてくれないかというのが、相談の内容」

「再建までって……」

「簡単にできるとは思えないよね。その点を訊いたけど、いつまでと約束はできない。そう言っていた」

それじゃあ結婚してここで二人で暮らすという計画は白紙になるわけだ。

「この家と土地は、父が死んだあと母の名義になっている。姉貴は結婚して家を出たけど、権利としては僕と同等に持っている。それに家を改築して店を開いた時に親父の遺産のかなりを使わせてもらっているんだ。だから無下に断るわけにもいかなくて」

「お姉さんは何て言ってるの」

「亜海ちゃんに申し訳ないから、頑張って結婚するまでには出て行けるようにするとは言ってくれているけどね」

坂本さんが説明を続けた。

マンションや車を売っても、借金はまだそれなりに残るので、できるだけ切り詰めて生活をしなければいけない。沙羅ちゃんはこの四月に小学校に入るので、遠くに引っ越すのは避けたい。そんな話もしたということだった。

二階は六畳くらいの部屋が三つ。

一つは坂本さんが使っている。もう一つはお母さんのベッドや荷物が置いてあり、お母さんがそのまま使うことになるだろう。部屋は一つ空いているが……。

「親子三人で一部屋ってわけにはいかないわよね」

「そうなんだ。姉貴は、家具をできるだけ処分して一部屋に三人で暮らすって言ってるけど、実際は無理だろうな。だから僕が部屋を空け渡して、二人で近くに部屋を借りて住むという選択肢もあると思った。でも店を始めた時に銀行から借りた資金の返済もあるからね。この辺りで部屋を借りながらだと、けっこうきつい」

店の売り上げや銀行への返済については、詳しく聞いている。売り上げが伸び始めていると言っても、家賃がかからないからやっていけるというレベルだ。

新婚生活には広すぎる家だと浮かれていたが、思わぬことになってきた。

「姉貴が兄さんと一緒に亜海ちゃんに会って、ちゃんと話をしたいと言っているんだけど、いいかな」

話を聞くのはいいけれど、亜海の立場で、いやです、お断りします、とは言えるはずがない。

「私たちの結婚は……」

「こんな状況だと、胸を張って亜海ちゃんの実家に結婚の許しをもらいに行くことなんかできないよ。かえって心配をかけてしまう。それに……」

坂本さんが顔を歪めるようにして続けた。

「姉貴たちを狭い部屋に押し込んで、僕らが結婚だって浮かれているわけにもいかないよ」

「ちょっと待って。浮かれるってどういう意味。お兄さんの仕事と私たちの結婚は関係ないでしょ」

「関係ないってことにはならないよ。家族なんだから」

坂本さんがつらそうな顔を向けてきた。こんな顔を見るのは初めてだ。

「そんな意味じゃなくて、それとこれは別に考えることができるでしょ。そういう意味よ」

坂本さんを困らせるようなことは言いたくないが、亜海にも言い分はある。結婚を先延ばしにするなんて考えもしなかった。

灯火亭で働き続けるという選択肢もあるのかもしれない。ふと思ったが、それは結婚をどんどん先延ばしにすることになりかねない。それにさんざん悩んだ末に出した結論だ。今さら白紙にと言われても、どう言っていいのかわからない。

こういう時だから落ち着いて話さなければ。自分に言い聞かせた。それでも胸は波打ち、次の言葉が出てこない。

亜海は、はっとして身体を乗り出した。

「お母さんは、なんておっしゃってるの」

こんなことになって、一番つらい思いをしているのは彼女のはずだ。

亜海の言葉に顔を上げた坂本さんが、大きく息をはいた。

「ショックを受けていた。私がどこかに部屋を借りて一人で暮らすから、二家族で暮らせばいいと言い出してね」

「そんなことできるわけないじゃない」

でもお母さんがそう言いたくなるのもわかる。母親思いの坂本さんの悩みが深くなるのも頷けた。

坂本さんが手鍋をコンロにかけた。

お湯の沸く小さな音が耳に届いた。坂本さんが黙ったまま茶葉を入れた。しばらくすると、二人の沈黙の間を縫うように紅茶の香りが漂い始めた。

「どうぞ」

ティーカップが置かれた。ロイヤルミルクティーだ。

「そういえば、亜海ちゃんも話があるってＬＩＮＥにあったけど、何かな」

坂本さんが顔を向けてきた。表情は硬いままだ。

「別に急ぎの話じゃないから、大丈夫」

いくらユウさんに背中を押されたからと言って、この状況で複雑な胸の内の話なんかできるわけがない。

目の前のカップに手を伸ばした。今日のミルクティーは苦かった。


「まだすっきりしないようね」

ユウさんが亜海を見つめながら言った。

午後十時に近くなり、客はいなくなっている。

「そんなことは……」

亜海は、慌てて否定しようとしたが、自分では気が付かないうちに仕事の態度に表れていたのかもしれない。

「申し訳ありませんでした」

灯火亭での残りの日々をしっかり過ごすと誓ったのに、またもや失態を見せてしまったようだ。

「坂本さんとは、ちゃんと話ができなかったの？」

「そうではなくて……」

しばらく黙って考え、ユウさんには全部話すことにした。

ユウさんに促されて、カウンターに並んで座った。

亜海の話が終わるまで、ユウさんはひと言も挟まず黙って聞いていた。

「暖簾をしまってちょうだい」

話が終わると、ユウさんは亜海に声をかけて立ち上がり板場に入っていった。

暖簾をしまいカウンターの席に戻った。

ユウさんは板場に入ったままだ。何をしているのかわからないが、亜海は黙って座っていた。

しばらくしてユウさんが板場から出てきた。

ユウさんは亜海の前に徳利とぐい呑みを置き隣に腰を下ろした。

「どうぞ」

ユウさんが徳利を持って言った。

慌ててぐい呑みを手にした。

ユウさんがお酒を注いでくれた。

亜海は徳利を受け取りユウさんのぐい呑みにお酒を注いだ。

ユウさんがぐい呑みを軽く差し上げた。

亜海もそれに合わせた。

ユウさんがぐい呑みのお酒を干した。

訳がわからないまま、亜海もお酒を干した。

ちょうどいい人肌だ。喉からお腹に温かな日本酒が流れていく。ほんのわずかの間を置いてお腹から身体に温かさが広がっていく。

「亜海ちゃんとこうして二人で飲むのは初めてね」

ユウさんが優しい笑みを向けてくれた。

「あなたがやめる前に一度こうして飲みたいと思っていたの」

ユウさんが亜海のぐい吞みに酒を注ぎ、そのまま自分のぐい吞みにも注いだ。

「ここで三年働いて、いろいろな人を見てきたでしょ」

ユウさんが前を見たまま言った。

「喜びや哀しみ、日々の疲れ、そんなものを肩に載せた人たちに、ひと時の安らぎを与えられる店。私は灯火亭をそんなお店にしたかった」

文字通りそんなお店になってます。言葉にせずぐい吞みをゆっくり干した。

「そんなお店にできたかもしれない。そう思ったのはこの二年くらい。あなたが自信を持って自分の仕事をしてくれるようになってからよ」

「私、自信なんて持ったことありません。いつもユウさんに頼りっぱなしです」

何があってもユウさんがいれば大丈夫、ユウさんの笑顔を見れば大丈夫。そんな三年間だった。

「あなたはどこに出しても恥ずかしくない、灯火亭の亜海ちゃん。私の一番弟子であり、頼れるパートナーなのよ」

ユウさんがこれ以上ない優しい笑顔を向けてくれた。

「結婚を目の前にして大変な話が持ち上がってしまった。それはわかります。でもあなたなら解決できる」

どうすればいいんですか。

「できなくなったことを頭の中に並べるのじゃなくて、できることだけを考えなさい」

ユウさんが笑顔を引っ込めて、じっと見つめてきた。

「できることですか」

「そう、限られた条件の中で、できることだけ考えなさい。そうすれば必ず答えは見つかります」

ユウさんの優しく力強い目が亜海を包み込んでくる。そう、この目が亜海を支え、励まし、勇気づけてくれた。

これからはそれがなくなる。

「ユウさん、私本当に――」

「私がいなくてもそれができる」

ユウさんが亜海の言葉を優しく遮った。

「そう思ったから、灯火亭卒業なのよ。自分を信じなさい」

そう言って二人のぐい呑みに酒を注いだ。

「明るい未来を信じて」

ユウさんがぐい呑みを目の高さに上げた。

亜海は、はい、と小さな声で返事をしてぐい飲みを手にした。

二人同時にぐい呑みを干した。身体中に温かさが広がっていく。お酒のせいだけではない。ユウさんの眼差しが亜海の心の中まで沁みわたってくる。

結婚が決まってから胸の中に湧き上がる灰色の塊の正体がはっきりわかった。ユウさんと離れてちゃんとやっていけるのか。その不安だった。いい歳してみっともないと言われるかもしれないけど間違いない。でも今日のユウさんの言葉で全て解決した。

空のぐい呑みを見つめた。ユウさんを信じよう。それが自分を信じることにつながる。大丈夫、なんとかなる。

顔を上げて店の中を見回した。静かだ。客がいなくなってユウさんと二人になることはあったが、お店の中がこんなに静かだと感じたのは初めてだ。心地の良い静けさに包まれている。そんな風に感じた。

「もう一本飲みましょうか」

ユウさんが立ち上がった。

「私がやります」

「今夜は私にやらせてちょうだい」

ユウさんが亜海の肩を軽く押さえて板場に入っていった。

ユウさんの言葉に素直に従った。

灯火亭に出会えて本当に良かった。ちゃんとした人生を歩んでいける。大げさだけど
そんな気持ちになった。

「お待たせしました」

ユウさんが徳利を持って板場から出てきた。

「何か美味しいおつまみを用意すればよかったわね」

ユウさんが肩をすくめるようにして微笑んだ。

「いえ、何もいりません」

ユウさんの笑顔があれば。

感謝の気持ちを込めてユウさんのぐい呑みにお酒を注いだ。そして自分のぐい呑みに
も。

この時間がずっと続けばいいのに。そう思いながらぐい呑みを干した。

胸の中の不安は温かいお酒に流されていった。


午後九時半を回り、小上がりにいた二組が席を立ち忙しさは一段落した。

カウンターには、大沢社長と杉パンさん、それに美佐樹先生が並んで座っている。

ここでユウさんと二人で飲んでから五日がたった。

坂本さんとは改めて話をして亜海の考えていることを伝えた。そのうえでお姉さんとお兄さんとも話をした。

難しく考えることはなかった。

倒産、借金、三世代同居、会社再建は？　結婚の時期は？　そんな心配ばかりが頭の中を支配していた。ユウさんが言ったように、マイナス面ばかりを並べていた。

引き戸が開いた。

「寒いねぇ」

入ってきたのは大将だ。

「こんばんは」

すぐ後ろに坂本さんが続いた。

「あら珍しい組み合わせね」

美佐樹先生が声をかけた。

二人は顔を見合わせて微笑むと先生の隣に並んで腰を下ろした。

「いらっしゃいませ」

二人の前におしぼりを置いた。

「亜海ちゃん、大丈夫だ。俺に任しときな」

大将が声をかけてきた。

「ありがとうございます。お飲み物は」

「お酒、熱燗で。坂本さんもそれでいいかな」

大将が坂本さんに顔を向けて訊いた。

坂本さんが笑顔で頷く。

「いったいどういうことなんですか」

社長さんが、嬉しそうな声を二人にかけた。

「実は、うちの改装を大将にお願いしたんです。それで今日、店を閉めた後にじっくり見ていただいて、相談に乗っていただきました」

「それじゃあ新婚さんの住まいを手掛けるということね。大将、責任重大よ」

美佐樹先生がホッチャレモンのグラスを持って言った。

「任せとけって」

大将が胸を反らした。

「お待たせしました。熱燗です」

大将の前に徳利を置いた。

坂本さんが大将と自分のぐい呑みにお酒を注ぐと、お疲れさまでした、と声を合わせて、くいっと飲み干した。

「けっこう大掛かりな改装なの？」

「そうでもないですけど。新しい部屋を作ります」

坂本さんが控えめに言って、チラッと亜海に視線を向けてきた。

亜海は笑顔で頷いた。

坂本さんとお姉さん夫婦に亜海が提案したことだった。物置きにしている部屋を改装する。中にあるものは必要最低限のものを除いて処分してしまう。押し入れだったスペースも使えば二人の部屋には十分な広さだ。なんでそんなことに気が付かなかったのか。それで二階の二部屋をお姉さん家族で使ってもらえる。亜海の提案を聞いて坂本さんもお姉さんも、ぽかんとしていた。

改装にはそれなりに費用がかかるが、新しい部屋を借りて家賃を払うことを考えれば、どうということはない。

「事情があって、母と姉の家族が戻ってきて一緒に暮らすことになったんです」

坂本さんが言うと、美佐樹先生がグラスを置いて亜海に顔を向けてきた。

「新婚早々、お母さんとお姉さん家族と同居するわけだ。大変ね」

「結婚すれば家族ですから」

「それはそうだけど、坂本さん、あなたがしっかり亜海ちゃんを守ってあげてよ。亜海ちゃんが苦労したり泣いたりするようなことがあったら、灯火亭出入り禁止くらいじゃすまないわよ」

美佐樹先生が坂本さんに顔を向けて言った。

「先生、まるで亜海ちゃんの保護者だね」

「大将、笑いごとじゃないわよ。あなたも保護者の一人なんですからね。工事費は安くしてあげなさいよ」

「当たり前だよ。これは俺からの結婚祝いだ。代金なんか取らないよ」

「それは困ります」

坂本さんが声を上げた。

「まあ、少しはいただかないと、うちがつぶれちまうかな」

大将が笑い声を上げてぐい呑みを傾けた。

「工事はいつですか」

社長が笑顔で訊いてきた。

「まだ決まっていませんが、僕が奄美の亜海さんのご家族に挨拶に伺う間、何日か店を休むのでその間にやっていただきます」

「奄美から帰ってきたら、新婚さんにふさわしい明るい部屋が待ってるよ。亜海ちゃん、日本酒お代わり」

大将が徳利を持ち上げて言った。

「はい、承知しました」

亜海は徳利を受け取って板場に入った。

お酒を注いだ徳利を鍋に入れた。

ふと横を見るとユウさんが微笑みかけてくれている。

亜海は、小さく頷いた。できることだけを考えたら、答えはすぐに見つかりました。

あと二ヶ月と少し。灯火亭での日々だ。

ユウさんとは、店をやめる前にもう一度、二人で飲む約束をしている。その時、胸を張ってユウさんのお酒を受けられるようにしないと。

「亜海、きばらんば」

小さく口にして徳利を持ち上げた。

火点《とも》し頃に

あっという間に一月が終わり、二月に入った。一年で一番寒さが厳しくなる頃だ。

引き戸を開けて一歩外に出ると、冷たい風に頬を叩かれた。肩をすくめて空を見上げた。どんよりと黒い雲が一面を覆っている。雪でも降りそうな空模様だ。

この季節は日本酒がよく出る。お燗番の亜海ちゃんが忙しくなるだろう。

冷たい空気を胸いっぱいに吸って店に戻った。

亜海ちゃんがお店をやめるまで、あと二ヶ月を切ってしまった。

彼女は、お店をやめることに寂しさと不安を感じている。でもそれは彼女だけではない。私も同じだ。

三年前、疲れ切った心を抱えてカウンター席に座った姿は今もはっきり覚えている。

この店で働くことになった時、どれくらいできるのか不安はあった。でも彼女は私の想像をはるかに超えるペースで、いろいろなことを吸収していった。

何より驚いたのがお客さまへの対応だ。常連さんたちに娘のようにかわいがってもらっているのはもちろん、一見《いちげん》のお客さまにも心から楽しんでいただく。その気持ちが押しつけがましくなく、自然な形で表れていた。いつの頃からか、彼女を頼りにしている自分に気が付いた。本当にいい女性《ひと》が来てくれた。

板場に立って店の中を見回した。

亜海ちゃんが来るまではまだ時間がある。一人でいる店がいつもより広く感じるのは、私の心にも寂しさがあるからか。

でもそれは灯火亭の暖簾をくぐってくださる方たちには関係のないこと。小さく頷いて気持ちを入れ直した。

今日も美味しい食材が揃っている。

一番のお薦めはカワハギだ。肝を溶いた醬油で食べるお刺身は、文字通りとろけるような美味しさだ。この時期のカワハギは、身が引き締まっているうえに肝が大きいのでたっぷり楽しめる。

コンロに載せた鍋ではブリ大根がいい具合に仕上がっている。

お通しは何を作ろうか。亜海ちゃんが来たら相談しよう。そんなことを考えるとまた少し寂しさが顔をのぞかせる。

引き戸が開く音がした。亜海ちゃんが来るにはまだ早い時間だ。

顔を向けると、久しぶりに見る顔があった。

「こんな時間にごめんなさい。ちょっといいかしら」

ゆっくり歩み寄ってきたのは、歌手の朝風《あさかぜ》舞衣《まい》さんだ。

「いらっしゃいませ。どうぞおかけください」

声をかけると、舞衣さんは、ありがとう、と言って私の前のカウンター席に腰を下ろし、小さなため息をついた。

「お疲れのようですね。一本つけましょうか」

「コンサートが近いからお酒はしばらくなしなの。体調管理がだんだん難しくなってくるわ」

まだ五十代半ばのはずだが、疲れが表情ににじみ出ている。

私はお茶を淹れるためのお湯を沸かした。

舞衣さんは、数少ない大人の歌が歌える歌手で長年のファンも多い。

住まいはこの近くで、以前、何度かご夫婦で来てくれた。その後、ご主人は病気で他界した。舞衣さんはそのショックから立ち直れず、マイクを握ることがなくなった。

二年前、元マネージャーだった鳩村《はとむら》さんという男性がふらりと店を訪れた。鳩村さんは、舞衣さんになんとか再びステージに立ってもらいたい、そう切に願っていた。

亡くなったご主人は、結婚を機に仕事を辞め、毎日、舞衣さんのために夜食を作って帰りを待っていたそうだ。鳩村さんは、特に舞衣さんが気に入っていた特製のポテトサラダをもう一度食べさせて元気づけたいと言った。

私は、舞衣さん夫婦の会話を思い出し、一味加えたポテトサラダを作ってみた。これがまさにその思い出の味で、舞衣さんを元気づけることができた。ご主人の故郷、秋田の名物いぶりがっこを入れたポテトサラダだった。

それだけがきっかけではないだろうが、舞衣さんは再びステージに立つことになった。以来、月に一度くらいは顔を出してくれる。

復帰後は、新曲のCDも出し、定期的にコンサートも開いている。たまたまその時に店にいて、ポテトサラダを作るのに協力してくれた、大将と杉パンさんには、コンサートのたびにチケットを持ってきてくれた。奥さまの分も一緒にだ。二人ともご夫婦でコンサートにでかけ、帰りにはここに寄ってくれる。

大将と奥さまは、舞衣さんの最新曲「頬紅《ほおべに》」を聴くと涙が止まらなくなると言っていた。私もＣＤで聴いたことがある。大人の女の恋の歌だ。スローなテンポの曲だが、じわじわと胸に何かが突き刺さってくる。そんな感じを受けた。生で聴いたらその魅力はいっそう強くなるのだろう。

　これまでのコンサートは平日の夕方からだったので、残念ながら私はまだ行ったことがない。私の分のチケットは、舞衣さんに了解を得たうえで美佐樹先生に譲っている。

「どうぞ」

舞衣さんの前に湯呑を置いた。

「お疲れのようですね」

他にかける言葉が見つからなかった。

舞衣さんは、それには答えず湯呑を手にし、軽く口をつけた。

「美味しいわ」

笑顔を向けてきた。

「どこにでもある、お茶ですよ」

「それがいいのよね」

舞衣さんは、再び湯呑に口をつけてカウンターに置いた。

「まだ五十六なのか、もう五十六なのか。若い頃の不摂生《ふせっせい》が、ここにきて一気に襲いかかってきたって感じよ。後悔はしてないけどね」

舞衣さんが片目を瞑《つむ》って苦笑いを浮かべた。

「ユウさん、覚えているでしょ。あの時ここに来たSJTの三人」

もちろん覚えている。SJT、スマイル・ジャンプ・スリー。事務所の後輩のアイドルユニットだ。歌も踊りも本格的で、舞衣さんもその実力を買っている。

「三人とも、せっかく二十歳《はたち》になったのに、タバコはもちろんだけど、お酒も飲まないのよ」

「すごい人気だそうですね」

「うちの事務所の稼ぎ頭《がしら》よ。三人の力も本物だけど、やっぱりポッポちゃんの力が大きい」

舞衣さんが湯呑に目を向けながら言った。

ポッポちゃんというのは、舞衣さんの元マネージャーの鳩村さんのことだ。事務所を挙げてSJTを売り出すため、ベテランの鳩村さんがマネージャーを担当している。

「でもこれからが大変。ポッポちゃんも苦労しているみたい」

芸能界のことは全くわからない。黙って次の言葉を待った。

「ここまでは同じ目標を持って走ってきた。でも最終的に目指すところが少しずつ違っているのよ。女優、ソロ歌手。海外で武者修行したいなんて言う子もいるみたい」

「若い人は夢と可能性があっていいじゃないですか」

「そう、若い人はね」

舞衣さんは、湯呑を手にしたが口はつけずじっとしている。

「舞衣さん」

私は少し姿勢を正して声をかけた。

「どうなさったんですか。舞衣さんらしくないですよ。失礼ですけど、まだ老《ふ》け込む歳じゃないですよね」

私の言葉に舞衣さんは寂しそうな笑みを浮かべた。

「本当のことを言うとね、復帰して二年たつけど、いまだに喉の具合やステージでの感覚が戻らないの。マネージャーも事務所の人間も気付いていないと思う。気付いているとすれば、ポッポちゃんくらいかな。それを隠すテクニックは身についているってことよ。五十を過ぎてからの二年間のブランクは同じ時間じゃ取り戻せない。それも歳のせいね」

舞衣さんが湯呑に目を落として続けた。

「お客さまには満足していただけるレベルだと思っている。でも以前だったら、もっと歌えたはずだ、もっと楽しんでもらえたはずだ。その気持ちがずっと心に引っ掛かっているのよね。それに……」

舞衣さんは、いったん言葉を切って湯呑を手にした。口に近づけてから、空になっていることに気付いたようだ。黙って湯呑をカウンターに戻した。

「仕事抜きで喜んでくれる人がいないのは寂しい。心の疲れが取れないのよね」

舞衣さんがつぶやくように言った。

「亡くなったご主人はいつも見守ってくれているんじゃないですか」

復帰を決断した時、舞衣さんは、亡くなった夫に褒めてもらえるような人生を歩く、そう言っていた。

「それがさ、あの人、夢にも出てきてくれないんだ。冷たいよね」

舞衣さんは眉間《みけん》に皺《しわ》を寄せて微笑んだ。

「ファンの方は、舞衣さんが知らないところで喜んでいますよ。大将も杉パンさんも。

コンサートの後にここに寄ってくださるけど、いつもより無口なんです。コンサートの余韻に浸りながら、じっと舞衣さんの歌を噛みしめている。そんな感じですよ」

「ありがたいわね」

舞衣さんは小さな声で言うと、視線を落として何度か頷いた。

「いつまで一線で活躍できるのか。歳を重ねた味、なんて言うけど、ただ歳を重ねればいいってもんじゃない。そんな単純なことじゃないのよね。それを痛感する」

「先日、お客さまから面白い話をお聞きしました」

私の言葉に、舞衣さんが顔を上げた。

「六十五歳で会社を定年退職した方です。嘱託《しょくたく》の話を断って、ご自分で会社を立ち上げたんです。この歳で冒険だ。そう言って笑っていました」

舞衣さんは興味深そうな目で頷いた。

「その方がおっしゃったんです。若い頃に比べれば体力も仕事に対する反射神経もかなり落ちている。歳をとった。でもそれは後ろを見ているからそう思うんだ。前を見ればいい。これからの人生を考えれば、今日が一番若いんだ。常に一番若い自分がここにいるんだ。そう言って美味しそうにお酒を召し上がっていました」

話を聞き終えた舞衣さんは私から視線を逸らして、何かをじっと考えている。

ふっと顔を戻し私と目を合わせた。ゆったりとした微笑を浮かべている。

「いい話ね。歳を重ねた味なんて、周りが勝手に言ってることだもの。私はこれから先の人生の中で一番若い歌声を届ける。明日になれば、また一番若い私が歌ってる。そういうことね」

新しい玩具《おもちゃ》をもらった子供のような笑顔になった舞衣さんの言葉に黙って頷いた。

「そうだ、大切なこと忘れてた」

舞衣さんは、隣の椅子に置いたバッグを手に取り、中から封筒を取り出した。

「これ、来月のコンサートのチケット。今度は日曜日の夕方からだから、ユウさんも来てくれるわよね」

「喜んで」

封筒を受け取った。

「いつものお二人の分も入ってますから、よろしく伝えてちょうだい」

「毎回、申し訳ありません。お二人とも次は自分でチケットを買うから、もう気を使っていただかなくても――」

「あたしは朝風舞衣よ」

言葉を遮《さえぎ》られた。

「お二人には恩がある。これくらいのことさせてもらわなくちゃ女がすたるわ」

舞衣さんが、まじめな顔で言ってから、悪戯っ子のような可愛い笑顔を見せた。身体からは自信があふれているように見える。

「ユウさんも、私の一番若い一日の歌声を聴いてちょうだい」

「楽しみにしています」

チケットの入った封筒を胸に抱いて答えた。

「今日はユウさんと話ができて良かった。忙しい時間に押し掛けてきて情けない姿を見せちゃって、ごめんなさいね」

舞衣さんが、そうだ、と声を上げて少し身体を乗り出してきた。

「コンサートの翌日、ポッポちゃんと社長を連れて飲みに来るから、席の予約お願いできるかしら」

「承知しました」

「あたしにだって、楽しみがなくちゃね」

舞衣さんが片目を瞑って微笑んだ。

「じゃあ、また」

舞衣さんは立ち上がり、右手を軽く振って店を出て行った。来た時よりも足取りは軽くなっていた。

しばらく引き戸を見つめた。華やかなステージを創るために、自分を追い込み苦しい思いを抱えている。当たり前のことだが、人の心に響く歌を歌うのは選ばれた人間が限りない努力をして、初めて成し遂げられるものなのだろう。

改めて店の中を見回した。料理だって同じことだ。小さなことにも決して手を抜かず心を込めて仕事をする。それに尽きる。

何だか嬉しくなってきた。今日も亜海ちゃんに何か新しいことを一つ教えてあげよう。

棚を開け、いつもの皿を取り出し塩を盛った。

皿を持って店を出ると、いつの間にか夕闇が濃くなっている。相変わらず風が強い。

腰をかがめて入り口に盛り塩の皿を置き手を合わせた。

立ち上がると一層強い風が身体を包み込んできた。目の前の暖簾が風に揺れている。

今夜も北風の中、さまざまな想いを抱えたお客さまがやってくる。

一日の疲れを癒したい方、今日の喜びを噛みしめたい方、悔しさやつらさを忘れたい方、どうぞこの暖簾をくぐってください。

美味しい料理とお酒で素敵なひと時を過ごしていただきます。明日はきっといい一日になる。そう信じることができるように。

それが私の店、灯火亭。

レシピ指導／福田芳子（料理家）

光文社文庫

文庫書下ろし

結《けつ》婚《こん》の味《あじ》　よりみち酒《さか》場《ば》 灯《ともし》火《び》亭《てい》

著　者　石《いし》川《かわ》渓《けい》月《げつ》

2022年6月20日　初版1刷発行

発行者　鈴木広和
印　刷　萩原印刷
製　本　ナショナル製本

発行所　株式会社 光文社
〒112-8011　東京都文京区音羽1-16-6
電話 (03)5395-8149　編集部
8116　書籍販売部
8125　業務部

ISBN978-4-334-79373-9　Printed in Japan

組版　萩原印刷